AF150052

ANGELA BAUER

WEIHRAUCH *und* ROSENDUFT

ERZÄHLUNG

novum pro

Dieses Buch ist auch als
e-book
erhältlich.

w w w . n o v u m v e r l a g . c o m

Bibliografische Information
der Deutschen Nationalbibliothek:

Die Deutsche Nationalbibliothek
verzeichnet diese Publikation in
der Deutschen Nationalbibliografie.
Detaillierte bibliografische Daten
sind im Internet über
http://www.d-nb.de abrufbar.

Gedruckt in der Europäischen Union
auf umweltfreundlichem, chlor- und
säurefrei gebleichtem Papier.

© 2024 novum Verlag

ISBN 978-3-99146-871-4
Lektorat: Vivika-R. Andige
Umschlagfoto:
Andrew7726 I Dreamstime.com
Umschlaggestaltung, Layout & Satz:
novum Verlag

www.novumverlag.com

Druckprodukt mit finanziellem
Klimabeitrag
ClimatePartner.com/16547-2311-1001

Weihrauch und Rosenduft

Viel zu kurz war die Nacht. Wenigstens habe ich es beim Ruf des Muezzins bis auf die Bettkante geschafft. Warum bin ich nach dem Essen nicht gleich gegangen? Sonst sitze ich doch auch nicht mit den Gästen bis in die Puppen herum – als wären Lammspießchen und Rosinenreis nur Mezze[1] gewesen, der Hauptgang aber ließe noch auf sich warten. Immerhin habe ich neun Leute durch die Wüste zu bringen.

„Ja, wenn's am schönsten ist ...", hatten Köhlers sich schließlich aufgerafft. Auch die anderen schafften es nach und nach auf die Beine – bis auf Herrn Dannenberg, der sich bereits am ersten Tag als künftiges Schlusslicht vorgestellt hatte.

Es ist keine Standardreise, die ich dieses Mal führe. Umfragen bei den Stammkunden hatten den Wunsch nach *mehr Wüste* ergeben. Einige wollten zum Rosenpflücken. Andere stimmten fürs Weihrauchland. Als der Reiseplan stand, schreckten aber die meisten doch vor einer Buchung zurück, denn inzwischen war der Irak den Amerikanern in ihre kuwaitische Falle getappt: Im Nahen Osten herrscht Krieg. Dennoch, Köhlers haben sich für die Reise entschieden und auch Herr Dannenberg ist wieder mit von der Partie.

Als Ali den Bus vor der Stadtmauer parkt, ist es bereits Mittag und für einen Stadtrundgang viel zu heiß. Der März zählt nicht mehr zu den Wintermonaten im Oman. Ich streiche also mein Programm auf die Besichtigung zweier benachbarter Häuser zusammen, von denen ich glaube, dass sie trotz ihrer Verlassenheit noch ein paar Einzelheiten aus ihrem früheren Leben vermitteln. Doch die Luft steht in den Räumen und der Blutdruck scheint bei vielen im Keller zu sein. Nicht lange und die

---

1 Vorspeise

ersten kündigen ihren Rückzug an, um an einem angenehmeren Plätzchen auf Ali zu warten.

Plötzlich bin ich allein.

Auf den ersten Blick bilden Manahs Straßen ein rechtwinkliges Netz. Wer es verlässt, findet sich bald in einem Gassengeflecht und am Ende vor einer meist verschlossenen Tür. Ein leer stehendes Haus, hatte man mir gesagt, werde von Dämonen bewohnt, was ich zunächst lächelnd zur Kenntnis nahm. Eines Tages aber fand ich mich in einer dieser Ruinen auf seltsame Weise wie angeweht. Von einer Ahnung? Von einem Gedanken vielleicht, der nur darauf gewartet hatte, endlich einmal mit mir allein zu sein?

Das Haus, vor dem ich hier in der Mittagsglut lande, hat keine Tür. Womöglich war sie zu kostbar, um sie verwittern zu lassen. Feuerstelle. Gebetsnische. Eine dunkle Treppe. Ein Gang. Blickfang im angrenzenden Hof ist eine Nische, ein kleiner Liwan. Dort steht eine Bank, auf der ich mich ausstrecken kann.

Nur nicht einschlafen! Doch es tut gut, hier zu liegen – am Rand der Wüste auf einer Steinbank zu liegen, selbst wenn sie drückt wie der Waschstein neulich in Damaskus, im alten Hamam hinter der Umayyadenmoschee. Schon am Eingang hatte mich Huda mit Tee und frischen Datteln begrüßt: Allah sieht's gern, wenn man Staub und Schweiß eines Weges hinter sich lässt.

Was mir an diesem Hamam so gefällt, ist die Ruhe, in der dort alles geschieht. Ich bin nicht die einzige Kundin, die Huda in den halbdunklen Hallen verwöhnt. Jede bleibt aber für sich allein. In Aleppo dagegen findet meist schon in der Garderobe eine lärmende Modenschau statt. Und auch sonst wird gealbert, getanzt und gesungen. Unmengen von Süßigkeiten und Früchten werden verspeist. Ganz still geht es auch bei Huda nicht zu. Vom Geklapper ihrer Pantinen bis zum dumpfen Klopfen in meiner Brust finden aber alle Geräusche im Rhythmus des stetig tropfenden Wassers zusammen. Huda stört nicht, diensteifrig wartend an einen Pfeiler gelehnt. Sie treibt einen auch nicht mit ihrer Geschäftigkeit an, sondern findet sich immer erst wie zufällig ein, wenn ich schon eine Weile in einen Pestemal[2] gehüllt auf dem Waschstein liege. Ob ich eine rituelle Waschung wünsche, wurde ich beim ersten Mal noch gefragt. Aber ich hatte ja keinen Beischlaf gehabt. Seitdem läuft das reguläre Programm für mich ab.

Mit sanftem Griff an die Schläfen werde ich müde gemacht. Der Waschstein ist warm. Er wird von Rafi, dem Tellak[3], beheizt. Das Feuer hat er immer schon vor dem ersten Gebet mit Holzabfällen aus den benachbarten Handwerksbetrieben geschürt. Wie zu erwarten, lässt er sich in den Hallen der Frauen nicht blicken. Selbst wenn er am Eingang nur den Dampfabzug kontrolliert, kündigt er sich mit einem Flüstergesang an: „Kannst du nicht deine Flügel weiten? Kannst du sie nicht zum Flug ausbreiten?" Dann geht Huda mal eben – die Seifenschüssel im Arm – hinaus, um ein Schwätzchen mit ihm zu halten, ist aber gleich darauf wieder ganz für mich da, löst, ohne ein Wort zu verlieren, das Badetuch, lässt den Ziegenfellhandschuh auf meinem Körper kreisen – das macht warm und für die Massage bereit – und türmt Seifenschaum auf mir auf, streicht, knetet, dehnt und streckt meine Haut, meine Muskeln und Sehnen, übergießt mich mit warmem Wasser und verteilt neuen, knisternden Schaum auf Bauch, Armen, Brüsten und Beinen. Schließlich liege ich in warme Tücher gewickelt. „In ein paar Stunden", dringt ihre Stimme wie von weit an mein Ohr, „bist du ein neuer Mensch."

Wie lange ich jedes Mal schlafe, weiß ich nicht so genau, denn mit den Kleidern habe ich auch meine Uhr abgelegt. Manchmal werde ich vom Klappern der Kämme wach. Oder irgendwo surrt ein Föhn. Die Augen geschlossen, warte ich dann, bis Huda mich in den Nebenraum führt, wo Farbtöpfe und Pinsel stehen und das Näpfchen mit der Enthaarungspaste, die sie aus Zitronensaft, Wasser und Zucker zusammenrührt. „Frauen wollen makellos sein, wenn sie den Hamam wieder verlassen." Sie lächelt

---

2 Badetuch
3 Bademeister

mich über den Spiegel an, will auch noch das Graue an meinen Schläfen tönen, doch ich winke ab.

„Schön", fasste sie beim letzten Mal das Ergebnis ihrer Mühen zusammen und schenkte mir einen zufriedenen Blick: „Auch glücklich?"

„Ja, also ..." Aber so schnell fiel mir nichts ein. „Schön muss reichen", sagte ich deshalb auch nur und streifte den Frisierumhang ab.

Im Schatten deiner Flügel, Herr, will ich auf einer Steinbank liegen ... Das alte Manah hatte auch mal ein Badehaus. In diesem Hof hier hat es sogar mal ein Bäumchen gegeben, von dem jetzt nur noch ein Gerippe steht. Denn irgendwann wurde das Wasser knapp und reichte schließlich nicht einmal mehr, um zu leben. Die Menschen mussten ihre Häuser aufgeben. Seitdem kümmert sich niemand mehr um den Wüstensand, den der Wind in die Ecken weht. Manah wurde zur Geisterstadt. Seine Bewohner haben sich an anderer Stelle eine Neustadt gebaut, in der Ali jetzt hoffentlich die Fahrer für unsere Wüstenfahrt trifft. Zwei Stunden, meinte er, würden sie brauchen, um das Gepäck umzuladen. Auch die Technik würde noch mal überprüft.

„Auf geht 's, Ali! Bismillah!" – Vier Jahre ist es her, dass ich mich wohl doch ein wenig zu unbefangen neben ihn auf den Beifahrersitz schwang. Sofort trat etwas Stählernes in seinen sonst so samtweichen Blick und ich wusste: Der nimmt dir dein „Bismillah!" nicht ab. Er ließ die Sonne aber über unserem Missklang nicht untergehen und kam gegen Abend noch einmal darauf zurück: „Wenn du aufbrichst, Julia, ohne Gott anzurufen, bewegt sich nichts."

Bismillah – wenn Ali es sagt, steht die Zeit für mich still. Ja, manchmal fürchte ich sogar, dieser gewitzte Touristenfahrer, Ehemann und fünffache Vater könnte sich für ein Ewigkeitsmomentchen in Allahs Unfassbarkeit auflösen –, bis ich zusammenfahre, weil er den Zündschlüssel dreht: „Ali, bitte!" Aber er hat die Musik ja schon runtergedreht. Schließlich ist er nicht zum ersten Mal mit mir unterwegs. Ob er weiß, dass Gott auch in meinen Gedanken lebt? Immerhin habe ich Theologie studiert.

„Der Herr sei mit uns", habe ich vor ein paar Tagen gesagt, „besonders heute, am Ostertag."

„Wo ist mein Ei?", fragte er gleich, bog auch wieder mal viel zu schnell in den Highway zum Flughafen ab und hakte, kaum dass er sich eingefädelt hatte, noch einmal nach: „Hast du für mich auch ein Ei?" „Kriegst ein Grünes", versprach ich lachend, angelte mir vom Rücksitz die Teilnehmerliste und zählte durch: Frau Britzelberger mit Benny. Dannenberg. Stocker. Zweimal Köhler. Kunze. Wegwert und Ziegler. – Ziegler? Alfred Ziegler. Doch nicht etwa Tante Tines Mann? Seit Tines Tod haben wir nichts mehr von ihm gehört. Geboren? Ist ja egal. Doch er kommt aus Berlin.

Gut, dass er reist, dachte ich noch, falls er es ist. Viele reisen jetzt, nachdem die Mauer gefallen ist. Aber warum in den Oman? Reist er allein? Oder mit dieser Frau Kunze vielleicht? Gebucht ist ein Einzelzimmer, dazu eine Verlängerung. Ob er weiß, wer die Reiseleiterin ist?

So, wie er dann auf mich zukam, schien er keineswegs überrascht zu sein: „Wollte mal sehen, Julia, was du so machst." Vielleicht hätte er mich ja umarmt, wären die Damen Wegwert und Kunze ihm nicht auf den Fersen gefolgt. – „Frohe Ostern für alle!" Kaum hatte jeder sein Ei, rollten Britzelbergers mit ihren Trolleys heran. Ob er zum ersten Mal in einem arabischen Land Urlaub mache, konnte ich gerade noch fragen, bevor Ali mit dem Gepäckträger kam.

Knapp. Viel zu knapp alles. Nur – welcher Anfang lässt sich überhaupt finden nach dreißig Jahren, in denen es zwischen uns kaum eine Verbindung gab? Im Übrigen fehlt mir am Beginn einer Reise für Privates die Zeit. Der Urlaub dieser Leute ist schließlich mein Broterwerb. Früher – ja, da brauchte ich mich ums Planen und Organisieren nicht groß zu kümmern. Das hat Wolferl gemacht. Derweil durfte ich mir ausmalen, wie schön es sein würde. Sobald wir ankamen, habe ich Ansichtskarten gekauft, die ich auch jetzt ab und zu noch betrachte.

Es ging mir gut – damals. Ich glaubte, wir seien eine glückliche, erfolgreiche Familie. Dabei hatte ich aber vor allem meine eigene Arbeit im Blick. Viel Gutes blieb ungeschehen. Es war, als ließen wir Rechnungen liegen. Am Ende, glaube ich, stapelten sie sich – ein Umstand, von dem auch Allah ganz und gar nicht begeistert ist: Und wenn du nur das Fädchen an einem Dattelkern schuldest ... Sagt er 's nicht so? Allah rechnet gut. Und ich habe bezahlt. Inzwischen sind es die Reisen anderer Leute, um die sich mein Leben dreht.

Im Tempelchen über den Teichen im Wadi Bani Khalid – ja, da hätten wir ins Gespräch kommen können: Ali hatte uns durch die Batinah gefahren, das fruchtbare Küstenland. Anschließend bog er, dem Lauf eines Wadis folgend, in südwestliche Richtung ab. Noch bedeckten Sträucher und Grasbüschel das Land, aber schon bald sahen wir nur noch Steine und Sand. Schließlich schlängelte sich die Straße zwischen graubraunen Felsen hinauf. Auf der Passhöhe angekommen, stiegen wir aus, um auf der anderen Seite hinunterzulaufen und Ali samt Bus bei den Teichen zu treffen. – Es war Mittagszeit und zwischen den Felsen gab es kaum Schatten. Nach einer guten Stunde tauchten unter uns ein paar staubige Palmen auf. Überhitzt und natürlich völlig verschwitzt kamen wir endlich auf der Talsohle an, balancierten das letzte Stück zwischen mannshohen Binsen und Gräsern auf den Mauern der Falaji-Kanäle entlang, bis wir ihn vor uns hatten, den ersten jadegrün schimmernden Teich. Nicht einmal der Durst schien jetzt noch von Bedeutung zu sein. Erschöpfte Blicke tauchten ins Wasser ein und irgendwann – ungläubig lächelnd – auch wieder auf. Nur noch sitzen und schauen, meinten die einen. Andere wollten über die Brücke hinüber ins Restaurant. Benny hatte eine Höhle in seinem Programm und Köhlers bummelten längst auf der Suche nach einem geeigneten Badeplatz am Ufer entlang. Die Damen Kunze und Wegwert hatten sich, noch unschlüssig, zu Alfred gesellt. Der zeigte ein Stück das Wadi hinauf: „Zu der kleinen", sagte er, „ich meine die Insel mit dem Tempelchen drauf."

„Und was sollen wir da?"

„Weiß nicht. Umschau halten, oder vielleicht über Allah streiten." – Der Komik seines Vorschlags schien er sich nicht bewusst zu sein, stand einfach nur und schnürte seelenruhig an seinem Rucksack herum. Leise und wie nebenbei sagte er noch, dass er beim Anblick dieser herrlichen Teiche durchaus die Frage für angebracht halte, warum sich Allah als Fassung für seine Edelsteine einen so schnöden Felsen ausgesucht habe. Schöner als hier, entschied dann aber Frau Wegwert, könne der Blick von dort auch nicht sein, und dieser Meinung schloss sich Frau Kunze an.

Durch das kunstvoll geschmiedete Tempeldach – schließlich – warf die Sonne Kringel und Striche auf meine Beine, auf Rucksack und Hüte und auf sein Hemd. Er stand am Geländer und verfolgte den Flug der Libellen, die rot und blau übers Wasser zuckten. Vielleicht zählte er auch die Putzerfischchen, die nur darauf warten, dass sich jemand die Füße kühlt, um sogleich seiner Hornhaut zu Leibe zu rücken.

Smaragdgrünes Glitzern. Türkisfarbiges Leuchten. Am sandigen Ufer blitzte das Wasser wie Aquamarin. Vom Strahlen geblendet, machte ich es mir auf der Eckbank bequem und verlor mich im Anblick der Bögen und Rauten im Dach über mir. Welche Kreise schnitten sich hier? Keine Linie fiel auf. Keine hielt sich zurück. Unendliche Muster, die Ruhe geben, so lange man sie nicht verstehen will. – Hätte ich 's wagen sollen? Einfach was sagen? Ihn über seine Ehe mit Tine ausfragen in diesem Moment? Über ihre Krankheit und ihren Tod? Und warum sie beide nicht in den Westen gekommen waren, als es noch keine Mauer gab? Aber hatte er denn die Reise gebucht, um mit mir über Dinge zu reden, auf die ich in Deutschland nie neugierig war? Nein, für aufgewärmte Familiengeschichten war es an diesem Nachmittag wirklich zu schön. Ein solches Tempelchen –, doch ich habe Schritte gehört. Es ist Zeit. Ich muss los. Ein letzter Blick noch auf den vertrockneten Baum und dann gehe ich in die Halle zurück. Ein solches Tempelchen würde man hier Janah nennen, hätte ich ihm noch gerne gesagt. Aber da steht er ja – im Eingang, direkt gegenüber, eine dunkle Gestalt vor knalligem Licht.

„Als Tine starb …", kommt er so unvermittelt auf sein Leben sprechen, dass mir die Zunge am Gaumen klebt, „als sie starb, weißt du, war ich im Grunde genommen …"

„… auch tot?"

Zum Glück schaut er zur Hausnummer über dem Türstock hinauf. So habe ich Zeit, mich zu fassen. „Kein Gefühl", versucht er, mir seinen Zustand begreifbar zu machen, „kein Gespür, kein Gedanke, kein Sinn …"

Ich weiß, sage ich mir, und zugleich ist mir klar, dass ich überhaupt nicht ermessen kann, was er mit Tine verloren hat, weil – ja, weil nun mal die Gemeinschaft dieser beiden Menschen so etwas ganz Inniges war. Mit Wolferl dagegen –, also, um meine Dämonen zu wecken, hätte Alfred bestimmt keinen besseren Ort als diese Geisterstadt wählen können. Mit Wolferl –, was soll ich sagen? Unsere Ehe hat ein schreckliches Ende gehabt. Und das zählt nun einmal. Vom Ende hängt die Erinnerung ab. Veranstalter wissen das und Mütter, die Kindergeburtstage gestalten.

Es kam wie ein Stich damals – das Ende. Es bohrte sich mit der knarrenden Stimme eines Anwalts in mich hinein, der – langer Rede kurzer Sinn – nach meiner ersten Konsultation feststellte, dass in all den gemeinsamen Ehejahren aus meinem Mann nun mal ein Betrüger geworden sei. Er hätte es anders ausdrücken können. Aber der Sachverhalt stimmte ja. Vielleicht ließ ihm meine Fassungslosigkeit auch keine andere Wahl. Auf jeden Fall habe ich Wolferls Verlust und alles, was damals an Sicherheit und Ordnung für mich zusammenbrach, wie einen gewaltigen Tod erlebt.

Dass wir draufkommen würden, war klar. Irgendwann, hatte ich mir gedacht. Aber hier, schon hier in Manah? Gut dreißig Jahre ist es her, dass wir am Bahnhof Tempelhof einen Abend bei Lutter & Wegner verbrachten. Wir wussten damals noch nicht, dass Tines Krankheit unheilbar war. Er hat sie gepflegt – jahrelang – wenn Schübe kamen und neue Lähmungen blieben, voll

Zuversicht und guter Ideen, verlässlich, geduldig und fast immer auch mit Humor. Nach ihrer Silberhochzeit hatten sie noch ein Foto geschickt. Bis zu ihrem Ende ist er bei ihr geblieben. Ob sie Freunde hatten, Nachbarn, die ihnen halfen? Ob er Unterstützung von den Brüdern im Kloster bekam? – Wie viel leichter ich mir seine Situation jetzt ausmalen kann, wo er neben mir geht.

***

Da stehen sie – alle drei in knöchellange Dishdashas[4] gehüllt, als seien sie einem Werbeplakat entstiegen. Das strahlendste Weiß, das es je gab!

„Marhaba![5] As-salâm álaykum![6]"

„Wa álaykum as-salâm![7]"

Talal – groß und hager – kommt mir entgegen. Er wird uns ins Antilopen–Camp bringen und weiter durch die Wüste bis hinunter ins Weihrauchland. Navid und Said, seine Neffen, schauen uns freundlich schweigend der Reihe nach an. Said, das Dickerchen unter den dreien, kann seine überzähligen Pfunde selbst unter einem Dishdasha nicht ganz verbergen. Er ist auch der erste, der wenig später mit uns Manahs „Kitchen and Dining" betritt. Reis und geröstete Zwiebeln, gebratenes Hähnchen, Salat und Kardamomtee – was für ein üppiges Essen, bevor es in die Einöde geht! Allerdings müssen wir noch Abschied von Ali nehmen:

„Danke für alles, Ali!"

„Ma'a salâma[8], Julia. Bleib gesund! Nächsten Winter, so Gott will, sehen wir uns."

---

4 Männergewänder
5 Hallo!
6 Friede sei mit dir!
7 Der Friede sei auch mit dir!
8 Auf Wiedersehen!

„Shukran[9], Ali!" Ich winke – winke noch, als mir der ocker-
farbene Dunst schon längst die Sicht auf ihn nimmt. Dann geht
es im Eilschritt zurück. Bei drei Fahrzeugen und zehn Leuten
wird einer der Gäste keinen Fensterplatz haben: Wer also sitzt
wo während der Wüstenfahrt? Erfahrungsgemäß beantwortet
sich diese Frage in deutschen Gruppen nicht von allein. – „Dann
muss eben jeder mal hinten auf den mittleren Sitz", schalte ich
mich in die Debatte ein: „Am besten, wir wechseln uns täglich
ab." – Um zu zeigen, wie ernst es mir ist, aber auch, weil Benny
bereits – ziemlich keck – vorn neben Talal sitzt, werfe ich meine
Tasche zwischen Frau Wegwert und Herrn Dannenberg auf die
hintere Bank, mache mich an das Zählen der Wasserkanister,
prüfe drei Verbandskästen, verteile saure Drops und Musikkas-
setten: „Arabian Night. Music for Dreaming", falls meinen Gästen die Wüste zu langweilig wird. – Ob Benny weiß, dass er der
Reiseleiterin den Beifahrersitz streitig macht? Eine Mutter, die
ihm in dieser Frage behilflich sein könnte, hat er in Frau Britzelberger jedenfalls nicht. Die nämlich hat sich's längst bei Navid im Rover auf der Rückbank gemütlich gemacht und so viele Handtaschen zwischen sich und Herrn Stocker gestellt, dass
kein Dritter mehr zwischen sie passt.

„Music for Dreaming" – ein Lied, das sich wiederkäut, möchte man meinen, und wie geschaffen für einen Verdauungsschlaf.
Benny jedenfalls döst bereits, und auch Frau Wegwert ist öfter
mal weggesackt. Nur Herr Dannenberg ist hellwach – einer, der
sich, wie es scheint, an der Leere ringsum gar nicht satt sehen
kann. Eben zieht er ein Schulheft heraus. „Gedanken zur Wüste" steht drauf. Wer weiß, meinte er gestern, vielleicht würde
eine Sammlung wüster Gedanken daraus. – Grau, schreibt er
hinein: Grau oder alles, was zwischen Schwarz und Weiß möglich ist, und dann räuspert er sich. Er hätte da noch ein paar
Fragen: Zum Beispiel, wie sich das mit den Preisen für's grüne

---

9 Danke!

und gelbe Rosenwasser verhält. Da habe er gestern in der Fabrik leider nicht zugehört.

Auch Alfred hat dort ein Fläschchen gekauft. Kein Rosenwasser, nein: kostbares Öl! – Für Frau Kunze vielleicht? – Vor zwei Tagen, wir fuhren den Jebel Akhdar hinauf, habe ich die beiden belauscht. Sie saßen direkt hinter mir. Es ging um Frau Kunzes Garten und den Rosenzüchterverein, in dem sie Mitglied ist. Derweil putzte er an seinen Objektiven herum. Im Spiegel über mir konnte ich's sehen. – Wie er überhaupt auf die Idee zu dieser Reise gekommen sei, wollte sie schließlich wissen. Worauf er eigentlich nur die Schultern hob. „Weihrauch ...", sagte er schließlich und packte den Fotokram wieder ein: „Weihrauch – ja, das wird es gewesen sein. Weihrauch und Rosenduft." Dabei spielte ein Lächeln um seine Lippen, das wohl nur ich im Rückspiegel sah.

Wollte mal sehen, Julia, was du so machst ...

Habe ich mich nicht gestern bei dem Gedanken ertappt, dass mein Leben sich anders anfühlt, seit er mir täglich begegnet? Seine Aufmerksamkeit, seine Sicht auf die Dinge ... Habe ich jemals wieder ein Gespräch so inhaltsreich und berührend erlebt wie das bei Lutter & Wegner? Viel Zeit ist seitdem vergangen. Er ist dicker geworden – voller, sollte ich sagen. Aber das bin ich auch. Und er hat Falten bekommen – Fältchen wohl eher: Ein feines Netz, das sich über Stirne und Wangen zieht und ihm etwas Zerbrechliches gibt. Tante Elly mochte sein Gesicht nicht. Es war ihr zu grob: Die Backenknochen zu breit, die Nase nicht schmal genug, und die Haare ... Dennoch, als ich ihn heute Mittag unter dem Türbogen sah, glaubte ich, jemand hätte die Uhr auf diesen einzigartigen Sommer–Sonnabend–Nachmittag zurückgedreht, an dem er zur Goldenen Hochzeit von Oma und Opa aus dem Prenzlauer Berg rüber nach Tempelhof kam. Er stand im frisch gestrichenen hellgrünen Treppenhaus, in dem noch der beißende Geruch der Ölfarbe hing – stand da, eine stämmige, nicht sehr große Gestalt, Aktentasche und Pappkarton in der Hand. Hatte bereits den schwarzen Anzug für die Goldtrauung an, den Schlips runtergezogen und den Kragenknopf offen. Wo aber war Tine? – Als er ins Wohnzimmer trat, war, glaube ich, jedem klar, dass etwas Schlimmes passiert sein musste. Ein, zwei Kuchengabeln wurden noch klappernd zurückgelegt, dann war es still. Er nickte kurz in die Runde, stellte sein Gepäck neben dem Ofen ab und steuerte zwischen Esstisch und Flügel auf Oma zu.

Wie straff sie auf einmal saß.

„Tine ist in der Charité." Sein Blick schloss jetzt auch Opa mit ein: „Sie kann nichts sehen. Es ist ein Auge, wisst ihr: das linke. Sie wollte, dass ich alleine fahre. Was meint ihr? Soll ich …?"

Alfred gehörte nicht zur Familie, noch nicht so ganz jedenfalls. Wir kannten ihn erst ein knappes Jahr, und die Wogen, die sein Erscheinen ausgelöst hatte, schienen gerade mal eben verebbt zu sein. „Der passt hier nicht rein!" Elly sprach es ganz unverblümt aus – in der Küche damals, als Tine zum ersten Mal mit ihm kam. Er schaue einen so merkwürdig an, als wisse er was – wisse es besser, gebe es aber nicht preis. Gleich zu Beginn hatte Alfred ein paar ihrer Behauptungen infrage gestellt, was Elly selbstverständlich im Magen lag. Sie war Widerspruch nicht gewöhnt. Alle Stielickes –, erklärte sie und sah mich, die ich damals bereits ein ziemlicher Pummel war, bedeutungsvoll an: Alle Stielickes seien schließlich groß gewachsen und schlank! – Dass sie, die doch eine Angeheiratete war, uns Stielickes in dieser Hinsicht weit übertraf, schien ihr in diesem Moment nicht so ganz klar zu sein. Doch es war sinnlos, sie auf derartige Unstimmigkeiten hinzuweisen, wenn sie so aufgeregt war.

Oma und Opa mussten, als sie nach Westberlin „rübermachten", erst ein gutes Jahr bei Günther, ihrem Sohn, und Schwiegertochter Elly im Wohnzimmer schlafen, bis sie im Schulenburgring eine Neubauwohnung bekamen. Und doch fand Alfreds Einführung in die Familie nicht bei ihnen, sondern in Günthers Wohnung am Bäumerplan statt, weil das Wohnzimmer eben dort schöner war: fünfeckig mit einem Erker, in dem es noch dazu einen Flügel gab.

Alfred ging auf die dreißig zu, als Tine ihn in der S-Bahn traf. Dass er drei Jahre jünger war, fiel nicht so auf. Dass er ihr nur bis an die Schläfen reichte, störte Oma dagegen sehr. Was für ein „abjebrochna Riese" er aber tatsächlich war, erfuhren wir erst beim zweiten Mal: Sein Vater, hieß es, sei im Kampf mit serbischen Partisanen gefallen, und seine Mutter hätten die Sowjets verschleppt – in die Kommandantur bestellt, zum Verhör, wie es hieß. Alfred war sechzehn damals. Er hat sie nie wiedergesehen. Ein katholisches Waisenheim nahm ihn auf. Nach dem Ostabi trat er dann in ein Kloster ein und studierte Theologie. Etwas anderes als ein Mönchsleben schien ihm, dem Entwurzelten, nicht möglich zu sein. Mit dem Gelübde aber ließ er sich Zeit. Als man ihn drängte, packte er seine Sachen und stand von einem Tag auf den anderen vor dem Nichts. Um erst einmal Geld für Brot und Miete zu haben, nahm er Arbeit bei der Vaubeka am Teltowkanal an. Die hatte sich in den Nachkriegsjahren neben dem Kohlehandel mit ihrem Baustoffgeschäft ein zweites Standbein geschaffen. Inzwischen blühte nämlich der Aufbau West, sodass man seine Arbeiter auch in Ostberlin rekrutierte.

Es waren schlimme Wochen, die folgten. Oma verbrachte ihre Nächte nur noch sitzend im Bett und Opa schimpfte, weil er außer Beamtenstippe und Schnippelsuppe nichts Anständiges mehr zu essen bekam. – „Er hat Gott die Treue gebrochen!", knöpfte er sich seine Tochter auf einem Sonntagsspaziergang mal richtig vor. – Tine saß schon im Rollstuhl, als sie mir, der Westdeutschen auf Besuch, das alles erzählte. Zwischen ihr und ihrem Vater seien ganz schön die Fetzen geflogen. Der probiert doch nur, hätte er sie gewarnt. Dieser Mann habe mit den Brüdern gespielt und genau das täte er jetzt mit ihr: „Was machst du, wenn er dich fallen lässt? – Denk nur, der Orden hat ihm sein Studium bezahlt!" – „Geld!", empörte sie sich. „Denkst nur noch an Geld, seit du im Westen bist. Wenn hier jemand die Treue gebrochen hat, bist du es doch: Mein republikflüchtiger Vater, der unsere sozialistischen Prinzipien für ein angenehmeres Leben verriet!" – „Hat dieser Alfred überhaupt seinen Doktor gemacht?", bekam sie die Klatsche zurück. Eine solche Frage stünde ihm als Briefträger gar nicht zu, revanchierte sie sich. Zerstritten wie nie kehrten sie schließlich um, trafen Oma und Alfred aber in so wundersamer Einvernehmlichkeit an, dass Elly bald darauf wieder berichten konnte, was Opa alles Gutes zu essen bekam. Dennoch, es verging kein Tag, an dem Oma nicht seufzend bemerkte, dass es nun für all die jungen Mädels kaum noch Männer zum Heiraten gab. Einige Male kam sie auch auf die arme Hedwig zu sprechen, die Opas Schwester, also ihre Schwägerin war und sich als olle Jungfer durchs Leben quälte. Nach ein paar Wochen jedenfalls willigte der Familienrat in Tines Hochzeit mit Alfred ein. Die Hauptsache war schließlich, dass er katholisch war.

„Music for Dreaming" – während ich durch die Vergangenheit streune, klopfen meine Finger den Rhythmus mit. So merke ich, dass es nicht immer derselbe ist. Um länger durchzuhalten, fehlt mir leider die Kraft. Früher ja, da war ich trainiert. Hab wie alle Kinder im Stielicke–Clan die Klavierbank gedrückt. Wir mussten – Oma zuliebe. Ich glaube, dass sie jedes ihrer Enkelkinder irgendwann einmal zur Seite nahm, um ihm zu erzählen, wie sie beim Winterfest in der Herz–Jesu–Gemeinde, es war noch zur Kaiserzeit, ihren Gustav traf. Klar, dass sie ihrer Vorgängerin in puncto Bildung abgrundtief unterlegen war: Anna, Opas erste Frau, hatte neben ihrem Sohn Klaus auch ein Klavier hinterlassen, mit dem Minchen nichts anfangen konnte. Wie auch? Minchen war Arbeiterkind, bügelte in der Wäscherei, in der Gustav Stielicke waschen ließ, seit er Witwer war. Kulturell, wusste Oma, würde sie Anna das Wasser nie reichen. Doch sie hatte von Anfang an auf eine perfekte Haushaltsführung gesetzt: pünktlich, ordentlich, sauber und stets gut gekocht. Schade eigentlich, dass es zwischen Opa und Tine nie wieder zu einer Entspannung kam. Hätte er Alfred nur besser kennengelernt! Aber bis zur Mauer blieb ihnen nur dieses eine Jahr.

Bin jetzt auch müde. Hauptsache, Talal bleibt wach. An seinem Rückspiegel baumelt ein kleiner Koran, anscheinend immer im selben Takt, bis er dann mal in einen anderen fällt. Ob Talal ihn schon mal gelesen hat? Nicht diesen. Der ist nur sein tilasm, sein Talisman. Das große Buch meine ich, das er – wie jeder hier – bei sich zu Hause hat. Vermutlich steht es ganz oben im Bücherregal oder hängt an der Decke – als senke sich Allahs Weisheit in die Welt der Menschen herab.

„Allah weiß", hatte Ali irgendwann mal zu mir gesagt.

„Und die Menschen, Ali?", aber darauf ging er nicht ein.

Wer rumschnüffeln würde, um zu erfahren, was Allah im Himmel mit seinen Engeln bespricht, meinte er ein anderes Mal –, also das ginge auf gar keinen Fall.

„Und wenn nun doch … ", hakte ich nach.

„Dafür hat er die Schnuppen."

„Die – was?"

„Sternschnuppen. Die stürzen dann auf den Eindringling los."

„Ghaba" – gerade fuhren wir doch an dem Schild vorbei. „Ghaba, Talal?" Er biegt bereits ab. Die anderen folgen uns zwischen ebenerdigen Bauten hindurch. Gleich darauf stehen wir vor dem Market Center fein säuberlich parallel zueinander geparkt. Motor aus. Tür zu. Zigarette. Die Sonne steht tief. Zeit fürs Gebet und eine Pieselpause, denke ich mal, denn wie in jedem Einkaufszentrum wird es hier auch Toiletten geben – im arabischen Stil wohlgemerkt. Ein Mann humpelt heran, hält aber bei so vielen Fremden auf seinem Weg doch lieber an und wartet, bis der andere kommt, der weit hinten bereits schimpfend und stockfuchtelnd naht. Mit zornigen Blicken und zeternd ziehen sie schließlich an uns vorbei. Gut, dass wir ihre Verwünschungen nicht verstehen.

„Allah weiß, Ali, nicht wahr?", hatte ich nach der Information über die Schnuppen übrigens noch einmal gefragt, und die Antwort war ein zufriedenes Ja.

„Und das Nichtwissen, Ali? Ist das nicht etwas, was ganz und gar uns Menschen gehört – sodass auch nur wir dafür die Verantwortung tragen? Hast du Leute getroffen, die sich über ihr Nichtwissen Gedanken machen?"

***

Vierzigtausend Quadratmeter Wüste dehnen sich vor uns bis zum Arabischen Meer – eine Kieswüste, riesig groß und so platt, dass sich dem Bau der Straße damals, zum 10. Nationalfeiertag, kaum etwas in den Weg gestellt hat. Es ist das Gebiet, in dem die Harasis leben. Man trifft sie überall da, wo es Futter gibt: Von den Oasen um Adam und Manah im Nordosten bis zu den südlichen Küsten, wo der Meeresnebel manchmal die angrenzenden Wadis begrünt. Einige ließen sich als Wildhüter für die Operation Oryx zur Rettung der weißen Antilope gewinnen. Nach Abschluss des Projekts sind sie sesshaft geblieben. Neben der Kamelzucht halten sie Übernachtungsmöglichkeiten für Touristen bereit. Es heißt, der nächtliche Himmel über ihren Camps sei überwältigend schön. Und doch können sich bei unserer Ankunft nicht alle für eine Nacht im Freien entscheiden. Herr Dannenberg scheint mit einem Feldbett im Zelt auch wirklich besser bedient zu sein. Bevor es dunkel wird, macht er noch ein Foto von uns – von den versackten Säckeln, wie er uns nennt. Nur Alfred fehlt. Endlich, im zitternden Strahl seiner Taschenlampe, kriecht er heran, wünscht jedem eine Gute Nacht und macht schließlich in meiner Nähe halt.

„Wie hast du's erlebt, Julia, das All, als du zum ersten Mal in der Wüste warst? Auch so bestürzend nah?"

„Ich habe geschwankt", sage ich leise, „hatte im tiefen Sand wohl auch keinen Halt. Aber daran lag's nicht, jedenfalls nicht allein. All diese – ja, wie soll ich sie nennen, all diese Explosionen, Implosionen, Kollisionen um mich herum? Schließlich sind es doch Welten, die da verglimmen! Hätte mich am liebsten in ein Bergwerk verkrochen."

Er schiebt ein paar Steine zur Seite und rollt seinen Schlafsack aus. Bevor er hineinkriecht, schaut er sich aber noch einmal um: „Und der Mond? Auch schon tot?"

Neumond – na klar. Vor zwei Tagen doch schon. Eine Weile suche ich zwischen den leuchtenden Punkten herum: „Da, guck mal, direkt hinter dir! Handbreit über dem Horizont: dürr und ganz krumm. Sowas würde Ali einen vertrockneten Palmenstiel nennen."

Wie lange liegen wir jetzt schon so stumm? Frag ihn, Julia! Er ist nur ein paar Meter von dir entfernt.

„Was ich …“

„Ja?“

„Wie hast du's damals eigentlich geschafft, dass du Oma wegen eurer Hochzeit rumgekriegt hast?“

„Ach das!“ Er kichert: „Kirsche mit Persico.“

„Nicht doch.“

„Doch Julia, das war 's. Wenn 's hart auf hart kam, hatte Oma im Vertiko ihren Schnaps.“

Er schläft schon, glaube ich, und versuche durch die Wimpern einen Blick hinauf in das All. Wollte mal sehen, Julia, was du so machst. Ja, und nun reist er mit mir, liegt sogar neben mir. Ob er mich mag?

Wie lange habe ich keinen Mann neben mir atmen gehört?

***

Talal öffnet die Wagentür, steigt aber nicht aus. Müde? Vielleicht würde er gern mit der Sonne versinken, die wie ein knallroter Pilzhut über der Ebene steht? Sein Fuß pendelt über dem Sand. „Wind“, sagt er schließlich und schwingt sich hinaus. – Wind? Nicht mal ein Lüftchen würde ich 's nennen und angenehm, wenn man Sack und Pack noch zwölf Stufen hinaufschleppen muss. In der Halle warten wir, dass uns jemand begrüßt oder dass Benny wenigstens den Lichtschalter findet. Wind! Die Palme vorm Haus steht völlig unbewegt. Mein Blick geht zu dem lilafarbenen Klecks, der vom Sonnenuntergang übrig ist; auf dem Rückweg macht er bei ein paar Steinen halt. Sehen sie nicht aus, als seien sie von einem zarten Schleier umweht? Wind – tatsächlich, dicht über dem Boden scheint jedes Sandkorn in Bewegung zu sein. „Wir müssen eine Besprechung abhalten“, hatte Talal vorhin noch gemeint, „am besten gegen sieben, wenn die Gruppe zu Abend isst.“

Nach und nach finden sich Männer ein – Pakistani. Sie werden uns wohl zu den Zimmern begleiten. Noch warten sie aber wie wir. Nur dass sie wissen, wo hier der Lichtschalter ist. – „Jetzt macht doch mal!", murren Köhlers bereits. Aber da ist er ja schon, der Chef, und sucht unter den vielen Schlüsseln an seinem Bund nach dem einen, der ihm die Rezeption öffnen kann. Im Halbdunkel hatte ich das schön geschnitzte achteckige Häuschen für einen Zeitungskiosk gehalten. Er öffnet die Tür, und siehe da, es flackert bereits. Der Schalter ist hier also im Häusl versteckt. Ja, wer in Ghafthain Herr im Haus ist, hat eben auch Macht übers Licht.

Kein Radio dudelt. Kein Fernseher läuft. Sie sprechen kaum Englisch und selbst in ihrer Muttersprache nicht viel: Eine Männergemeinschaft wie die der Omani eigentlich auch, nur dass diese Männer in der Regel nicht öfter als alle zwei Jahre für einen Urlaub bei ihren Familien sind. Notreisende sind sie. Und wir?

Sie haben Tische zusammengestellt – weiße Plastiktische und -stühle in einem hohen, weißgetünchten, kalt beleuchteten Raum. Sie bringen Hummus, Salat und Oliven. „Water or lemonade?", fragen sie mit verhaltener Stimme und warten aufrecht und ohne Eile und gehen und bringen. – „A beer!", höre ich hinter mir noch Herrn Dannenberg, als ich auf dem Weg zur Besprechung bin.

Navid und Said rücken zusammen – aus Höflichkeit, denn auch so hätten wir auf der Treppe gut Platz. „Der Wind nimmt zu", eröffnet Talal die Runde. Notfalls müssten wir auf die zweite Zeltnacht verzichten. „Es wäre gut, übermorgen in der Nähe einer Siedlung zu sein", pflichtet Navid ihm bei und lässt Landkarten über sein Tablet gleiten. Ihr Plan steht, merke ich, während sie mir die Route zeigen. Es sind Dünenfronten zu überqueren. Zwischendurch werden wir flaches und hoffentlich festes Terrain erreichen. Sie wollen, dass ich verstehe. Deshalb sitzen wir hier. Und alles, was sie mir wie beiläufig vom Sand erzählen, von seinem Anwehen und Abtreiben, vom Tau und der Trockenheit, wie sie mir Hänge und Kämme beschreiben, all das soll mir eine

Ahnung geben, dass sich das Wesentliche immer erst in dem Moment entscheidet, in dem sie vor einer solchen Sandwand stehen – wenn sie sich hineindenken in das Spiel der Kräfte, die diese gewaltige Welle Tag und Nacht umgestalten, wenn sie von der Form auf ihre Beschaffenheit schließen und am Ende vielleicht die Stelle erspüren, die bis zum Kamm und darüber hinweg eine erfolgreiche Auffahrt verspricht. – Und was machen wir, wenn wir liegen bleiben, frage ich mich und sehe uns schon verdurstend mit Leuchtraketen hantieren. Wer Allah in seinen Garten begleiten will, braucht nun mal starke Nerven. Hab ich's nicht so im Koran gelesen? Es wird also besser sein, ich vertraue meine Horrorvision dem Allmächtigen an und beschließe, Talal und seinen Neffen so gut wie möglich zur Hand zu gehen. Von ihren Entschlüssen und Fertigkeiten hängen wir schließlich ab. „Tamâm"[10], sage ich deshalb und vielleicht mal wieder zu couragiert. Jedenfalls schauen mich die drei erwartungsvoll an. „Insch' allah!", schwäche ich's gleich wieder ab: Wir werden ja sehen, wie 's Allah mit uns meint. Sie nicken, und wir geben uns alle die Hand. So entspannt wie sonst scheint mir ihr Lächeln aber heute Abend doch nicht zu sein.

„Der Reis war 'ne Wucht", empfängt mich Herr Dannenberg. Entsprechend leer ist die Schüssel. Vom Huhn ist aber was übriggeblieben und auch von den Linsen, sogar vom Knoblauch–Tomatengemüse. „Man duscht", fügt er mit Blick auf die leeren Stühle hinzu. Nicht alle, denke ich, denn eben kommt Alfred über den Hof: nasse Haare, frisches Hemd. Er steuert geradewegs auf uns zu. Ob er meinen musternden Blick bemerkt? Erst einmal schaut er im Kühlschrank nach. Dann kommt er mit frischem Wasser zu uns an den Tisch, bittet den Service–Mann noch um Khobs[11] und Oliven für mich – und hat bei allem so ein ganz seltsames Vergnügen im Blick, fast möchte ich 's eine heimliche

---

10 In Ordnung
11 Brot

Zuversicht nennen, mit der er gleich darauf neben Herrn Dannenberg sitzt. Er beobachtet mich. Vielleicht wartet er auch, dass jemand in seinem Inneren sagt: Wag 's! Wirst ja sehen, was dann passiert. – Die zwei unterhalten sich. Aber zwischendurch schaut er zu mir: „So wie hier haben wir uns schon einmal gegenübergesessen, Julia, erinnerst du dich?" – Unsere Geschichte! Ja, das könnte ihr Anfang sein. – „Es war der Abend des 12. August", weiht er Herrn Dannenberg ein. „Der 12. August '61, ein Sonnabend, milder Spätsommertag in Berlin."

„'61?"

„Der Tag vor der Nacht, in der dann die Mauer kam." Alfred nickt: „Wir, also meine Frau und ich, wir wollten zum Kaffeetrinken rüber nach Westberlin und dort bis Sonntag, das war der goldene Hochzeitstag ihrer Eltern … Wir hatten vor, über Nacht zu bleiben, was offiziell natürlich verboten war. Schwägerin Elly hatte ein Zimmer für uns bestellt. Doch meine Frau wurde krank."

Er hat also den Anfang gemacht, denke ich, während ich das letzte Stück Fladenbrot in die Soße tunke. Aber will ich –, wollen meine Gedanken denn jetzt, wo er hier sitzt, überhaupt noch so weit zurück? Zögernd schiebe ich den Teller zur Seite und versuche – ein Bein untergeschlagen – einen bequemeren Sitz. „Unser Fest", will ich die Geschichte für Herrn Dannenberg verständlicher machen, „hatte, noch bevor es begann, einen gehörigen Knacks, denn Bernhard, Onkel Günthers einziger Sohn, hatte sich kurz zuvor aus dem Staub gemacht. Weg! Auf und davon! Für die Ewigkeit sozusagen. Alfred und Tine in Ostberlin konnten das noch nicht wissen. Wer sollte Tante Hedwig aber nun in Onkel Günthers Wohnung rauftragen? Sie werden 's nicht glauben, Herr Dannenberg, aber das war an diesem Nachmittag unsere brennendste Frage. Hedwig war schon vor Opa und Oma in den Westen gekommen und wohnte im Spandauer Johannesstift. Seit sie im Rollstuhl saß, hatte mein Cousin sie immer hinaufgebracht. – ‚Wo ist Bernhard?', wollte sie deshalb auch sofort wissen. ‚Noch nicht da, Tante Hedwig.' Günthers Antwort war knapp. Er flüchtete an die Tür, um Ausschau zu halten – nach dir, Alfred, denn du warst Ellys Plan B: ‚So wie der gebaut ist‘, hatte sie noch beim Mittagessen getönt, ‚bringt er die Hedwig doch mit Cislaweng zu uns rauf.‘ Inzwischen war 's aber drei durch. Das Jubelpaar wollte Kaffee trinken mit Tante Wanda und Onkel Willy…" Doch ich glaube, was ich da alles erzähle, ist Herrn Dannenberg ziemlich egal. Wie jeden Abend sucht er sein Pillendöschen. „Bestimmt haben sie es geschafft", sagt er höflich, als er es endlich gefunden hat. Und so mache ich 's kurz: Links Günther, rechts Elly, dazwischen das Laken, in dem Tante Hedwig saß – ja, so hätten wir sie schließlich nach oben geschafft.

Das Laken übrigens war Ellys Idee.

„Und die Tante?" – „Hat nur einmal geklagt – auf dem Treppenabsatz, als wir eine Verschnaufpause machten: ‚Bei Bernhard hab' ich nie Angst gehabt!‘"

„Wo war er denn hin?"

„Das wollte sie, kaum dass wir oben waren, auch wieder wissen. Doch der Teekessel pfiff. Elly hastete in die Küche. Und ich – hatte mich in die Diele verdrückt. Günther also! Sie bekam ihn am Ärmel zu fassen: ‚Willst du mir endlich sagen, wo sich dein Sohn befindet?‘ Es gab kein Entrinnen: ‚Im Kloster, Tante Hedwig, der Junge wird Mönch.‘"

„Im Kloster!" Herr Dannenberg lacht viel zu laut. Prompt taucht der Service-Mann auf: Ob wir was bräuchten? Er räumt schon mal ab. In einer halben Stunde, sagt er noch, würde das Licht gelöscht. Sein Rüffel hat dem alten Mann allerdings keinen Eindruck gemacht. Kopfschüttelnd sucht er die kleine hellblaue Eckige aus seinem Döschen heraus: „Womit er Vater und Mutter an ihrer empfindlichsten Stelle getroffen hat", seufzt er, als er sie schließlich runtergeschluckt hat, denn nichts stelle Eltern so sehr infrage wie ein Sohn, der die Linie nicht fortsetzen will.

Ob das… Also was Elly betrifft, könnte er richtig liegen. Aber Günther? Ich schaue zu Alfred hinüber: „Was meinst du? Günther wäre, glaube ich, manchmal selbst gerne ins Kloster gegangen. Ordnung, Gehorsam, Keuschheit … " Noch runzelt

Herr Dannenberg nur seine Stirn. Doch als ich zur Armut komme, knurrt er mich an: Arm an Mut sollte ich 's nennen! Gerade an der mutigen Bereitschaft zum Leben fehle es doch diesen Brüdern. Ihr Lebtag würden sie tunlichst alles umgehen, woran sich unsereins aufreiben müsste, woran wir scheitern, uns manchmal allerdings auch bewähren könnten. Verantwortung meiden und erst recht nicht für einen Menschen sorgen, der einem anvertraut ist, den man vielleicht sogar liebt, darin seien sie groß. Ein Mann müsse aber nun mal einen Karren ziehen, wenn er in Schwung kommen soll. – Dürrenmatt, blitzt es durch meinen Kopf. Ja, Friedrich Dürrenmatt hat das, meine ich, mal so formuliert. In welches Wespennest habe ich da bloß gestochen!

„Kein eigenes Denken, kein eigenes Sprechen und Fühlen ..." Es klingt, als käme seine Klage aus einer qualvollen Tiefe herauf. Gerade diese Fähigkeiten, fährt er fort, habe uns aber doch der Schöpfer gegeben, um unser Leben zu führen: „Und ein solches Geschenk, Julia", schrill quietschend stößt er den Stuhl zurück, stemmt sich hoch und steht schließlich – schwer atmend – auf die Lehne gestützt, „ist denn das noch zu fassen? Sie, die sich seine Diener nennen, schlagen ihrem Herrn ein solches Geschenk aus der Hand! – Mein Bruder, müssen Sie wissen ...", er wischt sich den Schweiß, „mein Bruder ist diesen Weg gegangen. Wenn ich 's bedenke, schwillt mir noch heute der Kamm. Dabei würde der Junge jetzt so erleichtert wirken, versuchte Mutter uns damals die Sache schmackhaft zu machen. Das sei nicht verwunderlich, wurde ihr daraufhin von unserem Hausarzt gesagt, schließlich habe der Junge sein Unvermögen ja nun auch absegnen lassen."

Anlaufschmerz, denke ich, als sich Herr Dannenberg schließlich zum Ausgang schleppt. Sowas ließe rasch nach, hat er noch gestern gesagt. Aber nun macht er doch noch mal halt: Er habe seinen Bruder eine Unverbindlichkeit auf zwei Beinen genannt damals, weil er so enttäuscht von ihm war. Inzwischen würden sich aber die Tage häufen, an denen es der hohe Herr nicht einmal mehr auf seine zwei Beine schafft. Im Rahmen der Grundsanierung seines Palais habe er sich einen Fahrstuhl vom Getränkekeller in sein Privatgemach bauen lassen. Neulich erst, vor ein paar Wochen, sei er nicht einmal mehr in der Lage gewesen, sein Bett zu verlassen, um zur vereinbarten Zeit eine Abordnung vom Frauen- und Mütterverein zu empfangen – in rotglänzender Bettwäsche wohlgemerkt. Ein Fuß habe herausgeschaut, wurde tags drauf gesagt. – Bevor er davonschlurft, legt uns Herr Dannenberg noch einen Münchner Professor ans Herz, einen Historiker, der vom Zölibat stets als von einer Selbstheiligung sprach.

Die Pleite eines Klerikerlebens und draußen der Wind! Eigentlich müsste ich mich wie ein begossener Pudel fühlen und sitze hier doch so wohlig müde zurückgelehnt – inzwischen mit den Füßen auf Herrn Dannenbergs Stuhl – und schaue Alfred zu, wie er das restliche Wasser auf zwei Flaschen verteilt. Ohne Trichter eine langwierige Prozedur. Zeit aber, um mich in den Fältchen seines Gesichts zu verlieren.

„Glaubt nicht, dass ich den Rotzlöffel jetzt auch noch Pater nenne", meldet er sich nach einer Weile aber kichernd zurück: ein Onkel-Willy-Zitat, scharf und immer im rechten Moment in die Debatte gestreut, sodass es einem in Erinnerung bleibt. Dabei fällt mir auch Willys berühmtes ‚Papperlapapp‘ wieder ein: „Er hat es nicht oft gesagt, Alfred, aber wenn ... Einmal brachte er damit Günthers ganze blumige Rede vom schönen Klosterleben zu Fall."

„‚Wäscht sich dein Sohn eigentlich noch?‘, hat er doch auch ..."

„... und dabei – ach, ich sehe ihn noch – genüsslich seine Corona Gorda beschnüffelt. Weißt du noch, mit welcher Vorsicht er seinen Zigarren immer das Papierband abzog?"

„Er war der Meinung, Bernhard wolle aus Angst vor dem Erwachsenwerden in die Kindheit zurück." Alfred kann sich ein Lächeln nicht ganz verkneifen, aber zum Rumjuxen bleibt uns hier nicht mehr viel Zeit. Jeden Moment droht der Zapfenstreich. Gelacht oder gefeixt haben wir allerdings auch damals in der Familie nicht. Wir konnten nicht. Haben geschwiegen – entrüstet, verunsichert oder gehemmt. Was durfte man schon über Priester sagen? Was war erlaubt? Bei uns jedenfalls hat sich keiner getraut.

„„Sorg dich nich, Ellykind"", ahme ich den guten Willy abschließend noch mit seinem rheinischen Singsang nach, „„eines Tages stellt de Jong de Beene wieder bei dir untern Tisch.""

„Warum er sich da so sicher war?" Alfred schiebt mir meine Flasche herüber: „Reicht dir das für die Nacht?"

Ja, so ist er – Alfred. So hat er Tine verwöhnt. Spürt er, welchen Zauber er für mich hat?

Ich werde sie Risse nennen, beschließe ich, als ich frisch geduscht auf meinem Bett liege und mir seine Fältchen herbeidenke: Haarrisse, wie man sie in der Glasur von Fayencen findet. Schläfrig und in dem Gefühl, dass sich meine Gewissensnot abgelebt hat, tauche ich in sein Lächeln ein. Was das Thema Kirche betrifft, so ist für mich nun die Zeit der Ängste vorbei und ich bin frei, um guter Dinge zu sein. Darüber schlafe ich ein, bin aber vor Mitternacht schon wieder wach, sitze klatschnass auf der Bettkante und trockne mich ab. Zwei Fenster sind offen, aber bewegen tut sich hier nichts. Wenn ich die Tür zum Innenhof öffne, zieht vielleicht etwas Luft herein. Doch ich habe nichts an: Mein T-Shirt trocknet am Haken. Aus Stuhl und Koffer stelle ich möglichst leise eine Barrikade zusammen, damit es wenigstens rumpelt, wenn jemand kommt.

Endlich, ich sitze und trinke. Gut, dass ich Wasser habe. Aber wo bleibt der Schlaf? Stattdessen geistert Onkel Willy durch meinen Kopf. Wanda und er brachen damals als Erste auf: Sie müssten morgen ja wieder früh raus. Die Trauung, na klar! Das Taxi für Tante Hedwig war auch plötzlich da. Günther wollte Oma und Opa nach Hause fahren und ich sollte Alfred zu seiner Pension begleiten. Auf meinem Weg zur U-Bahn, meinte Elly, käme ich da sowieso vorbei.

Der Abend war hell, hell genug, um einen Umweg zu machen. Wie sonst hätte Alfred wissen können, wo am nächsten Morgen die Trauung stattfindet? St. Judas Thaddäus also: Ich bog in den Parkweg ab. Er folgte – schweigend – halb hinter, halb neben mir, was an der Fülle meines Petticoats lag. Denkt an Tine, sagte ich mir. Weiß ja nicht, wie es ihr geht. – „Oma hätte ihre Goldtrauung bestimmt gerne in Herz–Jesu gehabt", versuchte ich ein Gespräch, „weil sie doch so ein Faible fürs Orientalische hat: Weihrauch, Myrrhe, Gewürze, Kakao. Alles Gute kommt aus dem Orient. Davon war sie fest überzeugt, was auch den Jesus dort auf dem Altarbild betraf. In den war sie, glaube ich, richtig verliebt. Im Sturmschritt käme er geradewegs auf sie zu, hat sie mir ..."

„Und du? Hast bestimmt auch schon über deinen Zukünftigen ..."

Herrgott noch mal, diese Flecken! Bestimmt war ich knallrot. – „Wer glaubt", hörte ich ihn hinter mir sagen, „man könne sich seinen Partner erfinden, der sollte besser alleine leben, Julia, nicht wahr?" Was hätte ich sagen können? Zum Thema Partnerschaft wusste ich damals rein nichts. Nichts Grundlegendes jedenfalls. Er schien eine Antwort aber auch nicht zu erwarten, kam stattdessen auf das Opfern in einer geglückten Beziehung zu sprechen: Kriege, Diktaturen, Krankheiten, Tod – auch Oma und Opa könnten sicher ein Lied davon singen. Wir standen und schauten am Turm von Judas Thaddäus zum dreidimensionalen Betonkreuz hinauf, das dort so ganz aus der Mitte geschoben auf einer Ecke steht: „Hut ab vor dem, was die beiden geleistet haben", sagte er und wandte sich lange nicht ab: „Wer weiß, wie oft sie der Mut verlassen hat. Was kann in fünfzig Jahren nicht alles geschehen? Hättest du mir gestern Abend gesagt, dass Tine heute Morgen nichts sieht ..." Gerade heute käme es ihm wie ein Stachel vor, meinte er, als wir weitergingen, und sah sich noch einmal um nach dem Kreuz.

Wir gingen durch kleine Straßen. Manche hießen ‚Weg', ‚Ring' oder ‚Plan'. Sie führten durch Laubengewölbe und an Wohngärten mit begrünten Mauern entlang, durch Torbögen und über Plätze in verschiedene Parks. Irgendwann ging das Licht an in den Laternen. In der Pension schließlich stellte Alfred seine Tasche nur ab: Er wolle mich noch zur U-Bahn begleiten. Ein Spaziergang täte ihm gut. Und wieder kam er auf Oma zu sprechen:

Ob sie mein Vorbild sei? Vermutlich war ihm meine Antwort zu seicht, denn er hakte gleich noch mal nach: „Was hat sie von ihren Enkeln verlangt?"

„,Gib die Hand!', ,Wo bleibt der Knicks?', ,Hast du Danke gesagt?' – Aber so schlimm, wie es klingt", lachte ich, „war es nun auch wieder nicht. Onkel Günther mit seinem ewigen ,Was sollen die Leute denken?' hat mich viel mehr genervt."

„Sag mal ...", plötzlich schaute er angestrengt geradeaus: „Wir wollten doch zur Ringbahnstraße. Warum kommen wir dann am Bahnhof Tempelhof raus?" – Peinlich, ganz klar. Möchte mir auch nicht vorstellen, wie rot ich in diesem Moment wieder war. Erklären jedenfalls, konnte ich 's nicht. Hier könne ich auch einsteigen, brachte ich wohl noch heraus. – So zügig, wie er dann den Platz überquerte, schien er mit der Gegend wieder vertraut. Er steuerte auf die Bahnhofstür zu, ging jedoch im letzten Moment dran vorbei und unter der eisernen Brücke hindurch, wo der Verkehrslärm hallt, wo es staubig ist und an einer bestimmten Stelle sommers wie winters nach Pisse stinkt. – „Was meinst du, Julia ...", das andere wurde vom Getöse der S-Bahn verschluckt, die über uns in den Bahnhof einfuhr. Stirnrunzelnd, achselzuckend hielten wir uns die Ohren zu.

„Was meinst du?" Sein Daumen wies über die Schulter hinüber und über den Damm. „Lutter & Wegner" stand dort in blassgelber Neon-Schrift. Das ebenerdige Weinhaus fiel zwischen Gründerzeitbauten und S-Bahnbrücke kaum auf.

Im Toilettengang neben dem Telefon hing eine Weinkarte aus. Also suchte ich mir, während ich meine Vermieterin informierte, wo und mit wem ich noch eingekehrt sei, gleich mal einen Gewürztraminer aus, denn das war der einzige Wein, den ich kannte. Bevor ich zurück in die Gaststube ging, zählte ich auch mein Geld noch mal nach.

Welche Berufsvorstellung ich mit meinem Studium verfolge, fragte er, kaum dass ich ihm gegenübersaß. Dabei zog er aus seinen Jacken- und Hosentaschen Pfeife, Tabak und Stopfer heraus. Ob ich mich mit meinem Wissen auch mal ernähren wolle oder ob das in meinem Fall nicht so wichtig sei? – War es nicht schwer genug, Mutti und Papa in dieser Sache bei Laune zu halten, von Elly und Wanda und Hedwig mal ganz zu schweigen, für die eine Uni sowieso nur ein Heiratsmarkt war? Nun also auch er – Alfred! Dabei hatte ich ihn für den Einzigen gehalten, der mich verstand. Wie ich es hasste, wenn man mir jeglichen Realitätssinn absprach! Unterstützung war auch von Onkel Willy nicht zu erwarten, aber der hatte wenigstens nichts gegen meine Pläne gehabt.

Alfred wusste natürlich, wie sie in der Familie über mich dachten. Ob er sich vorstellen konnte, was für ein rotes Tuch mein Studium inzwischen auch für mich war? Und wie sehr ich hier kochte, während er sich in aller Seelenruhe die Pfeife stopfte? Bevor ich ihm tatsächlich noch an die Gurgel ging, musste ein anderes Thema her. Allerdings hätte ich dann die Chance verspielt, endlich mit einem Fachmann über all das zu sprechen, was mich nach drei Semestern Theologie in die Mutlosigkeit trieb.

„Ich will wissen", sagte ich, „will wissen, was man so weiß", und hatte es derart kurz und bündig wohl bis zu diesem Moment nicht einmal gedacht. Anmaßend, so wie es klang. In seinem Gesicht jedoch regte sich nichts. Hatte ich es zu leise gesagt? „Ich will wissen", besserte ich gleich noch mal nach, „was die wissen, die abwägen können."

„Dafür studierst du Theologie?"

„Hast du doch auch!", wehrte ich mich.

Erste Tabakwölkchen schwebten über den Tisch, drehten sich in den Lampenschirm rauf.

„Dass es aber auch kein Curriculum gibt, jedenfalls keins, mit dem ich was anfangen kann! Jedes Semester muss ich auf einen anderen Zug aufspringen. Das Einzige, worin ich auf diese Weise Fortschritte mache, ist meine Unsicherheit." Ich weiß nicht, mit welcher Miene er mein Gejammer zur Kenntnis nahm. Inzwischen hatte er so viel Qualm zusammengepafft, dass ich ihn kaum noch sah. „So ging es mir auch", kam es irgendwann aus der Wolke heraus, und ich hätte ihn für seinen Gleichmut am liebsten zu meinem Todfeind erklärt. Ganz überraschend lenkte er aber ein: „Wo brennt 's denn, Julia? Wo hängst du fest?"

Worte nur, aber meine Wut löste sich auf. Mühsam hielt ich ein paar Tränen zurück. „Chaos ...", brachte ich noch heraus, „Chaos und Ordnung im Licht der Gegenreformation." – So hieß mein Thema. Es hatte mir den ganzen Sommer versaut.

„Könnte es sein ...", fragte er, doch der Ober brachte den Wein.

„Vielleicht treibst du dich auch zu sehr", meinte er dann. „Wie viel Zeit geht für dein Studium ganz grob gesagt drauf?"

„Meinst wohl, ich sollte mehr kneipen", regte ich mich gleich wieder auf.

„Vergnügungen haben auch ihren Reiz. Oder bist du aus Unlust so tugendsam?"

„Studium und Vergnügen sind zweierlei."

„Nicht, wenn es um Befriedigung geht. Es gibt nun mal keine Lust, wie du weißt, die zu verfolgen nicht an sich lustvoll ist."

„Montaigne?"

Überrascht sah er mich an. Manch einer, sagte er und stocherte in seiner Pfeife herum, fände Befriedigung, wenn er seinen Kopf so voll wie nur möglich stopft. Andere wollten mit ihrem Wissen auch wachsen. Jede Lust könne verführen. Das träfe auch für die Leselust zu: „Gedanken zuspielen, ein Thema bewegen... Irgendwann, Julia, ging es mir nicht länger darum, noch mehr zu wissen. Stattdessen fragte ich mich, wer das bessere Wissen hat. Auch diese Sicht habe ich übrigens dem alten Michel zu verdanken. Im Grunde genommen hat er mich aus dem Kloster gebracht."

Es sei im zweiten Jahr seines Noviziats gewesen, kam er im Lauf des Abends nochmal auf Montaigne zu sprechen, als er dessen Buch zum ersten Mal in den Händen hielt. Was er darin über die Einsamkeit las, schien zu seiner eigenen Situation zu passen. Schließlich lebte er zu dieser Zeit auch in einem Haushaltsgefüge, das Ordnung verlangte, das Ansprüche stellte und jedes Mitglied in eine Gewohnheit zwang. In einem so regelhaften Betrieb schläft aber die Urteilskraft ein. Zu diesem Schluss jedenfalls war der alte Montaigne gelangt.[12] Solange Etienne

---

12 Michel de Montaigne, „Essais"

noch lebte, sein Freund, mit dem er sich Briefe schrieb und den er besuchte, war das tägliche Einerlei für ihn keine Qual. Doch als Etienne starb, war Montaigne plötzlich mit seinen Gedanken allein.

„Hat dann aber doch eine Frau …"

„Hat er, ja. Aber die Freundschaft mit Etienne, weißt du: Sie war vollkommen für ihn. Eine Geselligkeit, hat er sie mal genannt, in der vieles zu einem beglückenden Einklang zusammenfand. Wirklich, er scheint mit diesem Etienne etwas Großartiges verloren zu haben, eine alles erfüllende Wärme, gegen die …"

„… die Liebe zu einer Frau nur ein heftiges, flüchtiges, alles versengendes Feuer ist, stimmt 's?" Veränderlich wie ein Fieber, hätte ich noch gerne gesagt, denn natürlich hatte auch ich den Essay gelesen. Die Haltung des Autors den Frauen gegenüber war mir – selbst für die damalige Zeit – zu undifferenziert, und dass er die Liebe zwischen Mann und Frau nur als ein Fieber ansah, das mal steigt und mal fällt, und „einen im Übrigen nur beim Zipfel hält", hatte mich glattweg empört. Darüber mit Alfred zu sprechen, wäre mir natürlich peinlich gewesen. In Sachen Sex war ich zu unbeschrieben. „Dann wäre also auch deine Liebe zu Tine nur als ein flüchtiges Feuer zu sehen?", schoss ich zurück.

„Wir probieren ja noch", hörte ich ihn, bevor oben polternd die S-Bahn einlief, jedenfalls dachte ich – träumend – dass sie es war. Jetzt aber, im Aufwachen, wird mir klar, dass der Krach aus tausend krächzenden Kehlen stammt: kurzatmig, eintönig, grässlich in seiner Beharrlichkeit. Vögel, dämmert es mir, Zugvögel! Im fahlen Mondlicht taste ich mich zur Tür. Der Baum im Hof scheint ein einziges Flattern zu sein.

***

Navid hat alles im Blick, während er fährt – den Horizont und den Sand, den wir hart genug unter den Reifen spüren, und auch die Trucks, die unsere kleine Karawane anführen. Ab und zu schert er aus, holt Said ein, der als Zweiter fährt, jagt eine Weile neben ihm her. Alfred sehe ich dabei nicht. Im morgendlichen Hustle-Bustle hat es zwischen uns leider auch nur ein freundliches Nicken gegeben. Beinahe jeder fasste mit an: Wasser, Proviant, Teppich, Batterien, Kocher, Zelte, Matratzen, Safaristühle und Tische wurden auf die offenen Ladeflächen der Trucks gepackt – eine Drecksarbeit und schweißtreibend auch. Kein Wunder, dass sich unsere drei dafür in T-Shirts und kurze Hosen geworfen haben. Nicht zu vergessen: Die Baseballkappen! Nur Said war bei seiner goldfarbig und braun bestickten Kumma geblieben. „Auch ohne Dishdashas", meinte Navid und schaute grinsend an seinen haarigen Beinen hinab, „nehmen wir's mit der restlichen Männerwelt auf." Unser persönliches Gepäck wurde von ihm im Rover verstaut. Denn nur Baby, wie er ihn liebevoll nennt, hat einen geschlossenen Kofferraum.

Ein paar Kilometer geht es noch über Asphalt. Dann bleibt mit der Straße auch unser gewohntes Leben zurück. Oder nicht? Frau Britzelberger, hinter mir, knistert mit dem Bonbonpapier. Und ich? Kehre auf der schier endlosen Piste mit meinen Gedanken zu jenem Abend zurück, den Alfred und ich bei Lutter & Wegner verbrachten. Sobald es nicht mehr um mein Studium ging, glaubte ich tatsächlich, wieder genug Boden unter den Füßen zu haben: „Wenn du einer Frau Bildung verwehrst, kommt sie dir eben nur mit dem Haushaltskram!" Herausfordernd sah ich ihn an, doch er war nicht aus der Ruhe zu bringen: „Man war nun mal der Ansicht", meinte er und kaute an seiner Pfeife herum, „dass die geistigen Gaben der Frau …"

„Nicht reichen?", fauchte ich ihn gleich wieder an. Hatte ich es hier etwa mit einem zweiten Montaigne zu tun? „Also hör mal, jetzt hör mir mal zu", begann ich meine Attacke, „wenn Männern von seinem Stand –, Ratsherren, Landedelleute, die durch die Bank weg eine fabelhafte Erziehung bekamen –, wenn solchen geistigen Blitzgewittern – und so schreibt er es ja – wenn selbst ihnen nur einmal in dreihundert Jahren eine Freundschaft gelingt, wie Montaigne sie mit seinem Etienne erlebt hat …"

Wie leicht mir das über die Lippen ging.

„Nimm an", fuhr ich fort und hatte meine Stimme zum Glück etwas gesenkt, „nimm an, dein Montaigne hätte mal eine Frau begehrt, der so viel Esprit zur Verfügung stand, dass sie ihm eine, wie er es nennt, warme Gesellin hätte sein können. Zu welchem Urteil über den Geist von Frauen wäre er dann wohl gekommen?"

Er kaute nicht mehr, sah mich – die Pfeife in der Hand – einfach nur an. Heute würde ich 's lustvoll nennen. Der Text hielt aber immer noch, und das wusste natürlich auch er, einen Trumpf für mich bereit. Um ein Haar hätte ich ihn verspielt. Zu irritierend war schließlich sein Blick.

„Wenn …, wenn 's möglich wäre", riss ich mich schließlich los, „dass ein Mann und eine Frau – so hat er es doch gesagt… Also angenommen, sie könnten eine freie, zwanglose Gemeinschaft bilden, in der nicht nur ihre Seelen einen vollkommenen Genuss, sondern auch ihre Körper Teil an der Vereinigung hätten… Steht es nicht so in seinem Buch? Eine Vereinigung, der sich der ganze Mensch hingibt? Unter derart günstigen Voraussetzungen sähe sogar er sich gezwungen, die Verbindung von Frau und Mann vollkommener und erfüllter zu nennen als alle Zartheit und Innigkeit, die ihn mit seinem Etienne verband." Leider, setzte ich noch hinzu, hätte sich der alte Meister abschließend aber doch wieder nur hinter dem Urteil antiker Schulen verschanzt, die der übereinstimmenden Meinung waren, dass es keiner Frau jemals – und so weiter und so fort. Mit einem Wort: Nach seiner gewagten Exkursion war er schleunigst wieder in maskulin kontrollierte Gewässer geflüchtet.

„Tempora mutantur[13]", kam es mit süß duftenden Wölkchen über den Tisch. Zufrieden machte mich 's nicht. Stumm sah ich, wie meine Hände sich um das Weinglas krampften.

„Es ist leicht zu verachten, was man nicht fassen kann", hatte er, glaube ich, noch gesagt. Am anderen Morgen war er schon nicht mehr da. Dem Bericht der Wirtin zufolge hatte er wäh-

---

13 Die Zeiten ändern sich.

rend des Frühstücks im Radio vom Bau der Mauer gehört und schnell noch auf seine Serviette geschrieben: Muss zu Tine. Bitte, habt Verständnis dafür.

***

Staubwolken zeigen uns, welche Richtung die Trucks vor uns nehmen. Aber nach einer Stunde klart die Luft auf: Talal hat sich zu einer Pause entschlossen. Zusammen mit Said läuft er herum, bückt sich, hebt Holzknüppel auf. – „Brennholz, Navid?" Er nickt, und so schwärme auch ich bald darauf aus, um zu sammeln, was von den Bäumen, die hier einmal lebten, geblieben ist: Skelette – verbogen, verwunden, knochentrocken und kreidebleich. Etwas anderes bietet die Gegend nicht. Umso mehr drängt sich in der Ferne die sauber gezirkelte Linie auf, die dieses Sandland umkreist. Ob die Welt vielleicht doch eine Scheibe ist? Du bist in der großen Leere, sage ich mir, höre die Stille, zähle die Schritte und schaue hinauf: Sogar der Himmel ist leer. Die Vögel heute Morgen – woher sie wohl kamen? Irgendwann joggt Benny hinter mir her. Zusammen schleppen wir ein bizarres Holzstück zurück, das Navid zu all den anderen auf das Dach seines Rovers lädt.

Weiter geht's. Solange die Sonne steigt, wollen wir Kilometer hinter uns bringen. Der Schatten unseres astbestückten Vehikels jagt wie ein riesiges Rentier neben uns her. Erste Sandwellen sammeln sich, wachsen zu Dünen. Manchmal greifen die Reifen nicht mehr. Oder der Wagen schmiert. Und dann passiert's: Said sitzt fest. Bevor sein Onkel umkehren kann, ist Navid zur Stelle und untersucht schon den Sand. Als Talal kommt, wird ein Seil gespannt. An ihm soll er Said rückwärts aus der Verwehung ziehen. Vorher aber muss Navid noch – mit Schaufel und einer gehörigen Portion Spürsinn bewaffnet – einen Platz finden, auf dem Talal sein Fahrzeug stabil in Position bringen kann. Wir können das alles nur wortlos begaffen. Manche von uns ziehen Kringel im Sand oder drehen Entdeckungsrunden.

Mehr als hier gibt es allerdings auch hinter der nächsten Sandwelle nicht zu erkunden. Als wir zum vierten Mal liegenbleiben, fange ich mit dem Zählen an. Fürs Tagebuch braucht man schließlich irgendwann eine Zahl.

Schaufeln, und dann wieder: Vorwärts und rückwärts, aber Vorsicht, der Motor läuft heiß! Und falls das alles nichts nützt, lässt Navid mal wieder Luft aus den Reifen. – Sie bewahren Ruhe, die drei, zeigen Ausdauer, Erfahrung und Fantasie. Aber die Sonne steigt, Müdigkeit macht sich breit und ihre Erholungszeit dehnt sich inzwischen weit über ein paar genussvoll eingesogene Zigarettenzüge hinaus.

Neunmal sind wir liegen geblieben, als es eine Lunch–Pause gibt. Chicken or cheese? Die Sandwiches wurden gestern in Ghaftains einzigem Laden gekauft. Damit es gemütlicher wird, rollt Navid den Teppich aus. Herr Stocker setzt sich als Erster drauf und schwärmt von Dia–Abenden bei Rotwein und Käse. Als Zuhörerin hat er sich Bennys Mutter erkoren. Die Damen Wegwert, Kunze und Köhler kennen seine Geschichte bereits. Wir lassen Äpfel, Nüsse und Cracker kreisen, trinken Wasser oder Orangensaft und unterhalten uns leise, denn Herr Dannenberg hält seinen Mittagsschlaf. Zum Glück brennt die Sonne nicht mehr in Vollkraft herab. Ist das, was ich für Schleierwolken halte, vielleicht doch schon Staub? Egal. Du sitzt mit Alfred auf einem Teppich im Wüstensand, sage ich mir. Wer weiß, vielleicht hebt das Schmuckstück ja heute noch mit uns ab? Aber nach einer Stunde ist sein schönes Muster leider unter einer dünnen Sandschicht verblasst.

Wenn es planmäßig weiterginge, könnten wir bei Tageslicht unser Lager aufbauen und einen romantischen Abend verbringen. Doch noch fahren wir, und zwischendurch bleiben wir liegen und halten erst, als uns die hereinfallende Nacht dazu zwingt. Ausladen, heißt es jetzt. Zelte aufschlagen. Talal zeigt uns, wie 's geht. Derweil bringen Navid und Said im Licht der Scheinwerfer die Küche in Gang. „Müss'n wa hier ooch wieda uff'm Teppich sitzen?", mosert Benny, der sein Zelt bereits aufgestellt hat. „Kannst Tische und Stühle abladen!", schlägt Na

vid ihm vor. Doch Talal winkt den Jungen zurück: Er muss sein
Zelt drehen. Schon jetzt hat ihm der Wind zu viel Sand in den
Eingang geweht.

Hühnerreis und Salat soll es geben. Während wir warten,
schiebt Navid jedem ein Gläschen Pfefferminztee über den Tisch.
Ohne den geht es eben auch – oder erst recht – in der Wüste nicht.
Wir sitzen wortkarg und nippen, und manch einem fällt schon
mal das Kinn auf die Brust. „Was für ein Tag!", seufzt schließlich
Frau Köhler auf. „Hat jemand unsere Pannen gezählt?"

„Achtzehn!", sage ich und bin sicher, so schachmatt, wie sie
sind, hätten sie mir jede Zahl zwischen fünfzehn und vierund-
zwanzig geglaubt. Bevor die ersten zu ihren Zelten gehen, stößt
Herr Dannenberg aber noch mit uns an auf die drei, die – wie
er betont – so viel mehr als nur unsere Fahrer sind. Sie danken
lächelnd und haben schon Wasser für den Abwasch gewärmt.
Vorher gießen Köhlers und Alfred noch schnell etwas für einen
Kaffee ab. Erstaunlich, welche Wirkung dieses Getränk schon
nach wenigen Minuten hat, denn als ich die Tische abwische,
dringt Alfreds Stimme zu mir: „Die Leere? Die Leere, in der wir
hier sitzen, Benny, ist es das, was du meinst? – Ein Land, von
dem du nichts weißt, dessen Sprache du auch nicht sprichst, wird
immer ein leerer Raum für dich sein. Was natürlich auch umge-
kehrt gilt, denn welche Rolle wirst du für Menschen spielen, mit
denen du dich nicht verständigen kannst? Du hast ihnen gefäl-
ligst nicht in die Quere zu kommen. Das wird ihr vorrangiges,
vielleicht sogar einziges Interesse an deinem Leben sein. Denk
dran, Benny, erinnere dich an die engen Gassen der Souqs[14], wo
uns nichts anderes blieb, als zur Seite zu springen, weil verschiedene Leute auf ihrem Esel schneller waren als wir. Wer nichts
von dir weiß, wer nichts wissen will, Benny, für den bist du ein
Nichts. Aber sie lockt dich, die Leere, nicht wahr? Vielleicht sollte ich sagen: Sie reizt? Reizt umso mehr, als du spürst, dass du
ihr nicht gewachsen bist? Die große Leere …", sein Arm bewegt

---

14 Märkte

38

sich ins Dunkel hinaus, „könnte sie nicht auch für eine innere Haltung stehen?" Wie gerne hätte ich mich dazu gesetzt. Doch am anderen Tischende sitzt Frau Kunze, und mir fällt ein, dass ich ihr immer noch eine Antwort schulde:

Es war in Nizwa. Ein freier Abend stand im Programm, an dem ich mit Köhlers im Bin Ateeq verabredet war. Wir hatten es uns schon in einem der Séparées gemütlich gemacht, als Alfreds Kopf zwischen den Perlenschnüren des Vorhangs erschien. Im Schlepptau hatte er sie, Frau Kunze, die noch unschlüssig schnüffelnd im Gang verharrte. Der Gestank von Hammelfett, Knoblauch und Schweiß sei hier überall gleich, rief ihr dann aber Herr Köhler zu und hatte damit wohl ihre größten Bedenken zerstreut.

Was mich nach Arabien verschlagen habe, wollte sie wissen, kaum dass sie auf dem Kissen neben mir saß – eine Frage, die Frau Köhler, bevor ich antworten konnte, mit der Behauptung abtat, dass der Nahe Osten für eine studierte Theologin schließlich als das Betätigungsfeld par excellence anzusehen sei. Beide Köhlers haben ihr Leben im Lehramt verbracht. Bildung zählt bei ihnen viel. Haben sie Alfred, der sich zu Beginn der Reise als Gastronom vorgestellt hat, deshalb bisher gemieden? Frau Kunzes Frage schien damit beantwortet zu sein – für Frau Köhler auf jeden Fall. Pfefferminztee und Khobs wurden serviert. Chicken Nashib und Coconut Curry mit Cuttle Fish folgten.

Das Essen, hätte ich Frau Kunze gerne gesagt, ja, das gute Essen hat mich in diese Länder gebracht. Die Antwort hätte nahe gelegen und gleichzeitig ihre Wissbegierde in Schranken verwiesen. Aber womöglich wäre sie nur ein Auftakt gewesen und unser Gespräch hätte sich um Kochrezepte gedreht, um Früchte, Gewürze, um Vieh. Vielleicht hätten wir überlegt, wer das alles – und wie – seit Jahrtausenden durch die Wüste bugsiert. Womöglich hätte ich ihr noch von meiner Liebe zum Heiligen Land erzählt, zu Wüstenvätern und vergrabenen Schriften.

Auch jetzt, Tage später, fallen mir immer neue Antworten ein. Keine scheint recht geeignet zu sein. So ist es wieder nur eine Frage, die ich ihr heute – zögernd – zurückgeben kann: „Weil …, vielleicht weil ich noch immer auf der Suche nach dem Morgenland bin?" – Zufrieden ist sie damit vermutlich nicht. Doch über den inzwischen blitzblanken Tisch hinweg trifft mich Alfreds Blick. Hat er genickt? Er steht auf, klappt seinen Stuhl zusammen, ruft ein „Let's call it a day!" zur Küche hinüber und dann, ja, fast gleichzeitig, so will es mir scheinen, treten wir aus dem grellen Lichtkegel ins Dunkel hinaus.

Nur er und ich. Hab' ich 's mir nicht den ganzen Tag schon gewünscht? Doch – was war das eben? Immerhin stehe ich noch. Unsicher zwar. Hat er 's gemerkt? – Benommen krieche ich gleich darauf in mein Zelt. Was ist passiert? Kein Schwindel. Kein Schmerz. Und doch war alles plötzlich wie weg. Ein Blackout? Eine Absence? Wie lange? Ein Moment meines Lebens – ganz ohne mich?

Dann aber –, also ich meine, danach ... Standen wir nicht enger zusammen? Und seine Hand in meinem Nacken – leicht wie ein Blatt? Und haben seine Lippen nicht meine Stirn ...?

Wollte mal sehen, Julia, was du so machst. Nichts, Alfred, nur dass ich Leute durch fremde Länder führe – möglichst gut gelaunt und nach Plan, damit es hinterher keine Beschwerden gibt. Das klingt dir vielleicht zu kurz und zu knapp. Im Wesentlichen aber, glaube ich, stimmt 's. Und wenn es mir hier zu heiß wird, kehre ich nach Braunschweig zurück. Dort schreibe ich – Artikel, Buchrezensionen – und höre meiner Tochter und meiner Mutter zu, die immerhin den größten Teil des Jahres allein mit ihr ist.

Samt Schuhen bin ich vorhin in mein Zelt gekrochen. Jetzt ist es voll Sand. Wo überhaupt ist die Taschenlampe? Das Zahnputzzeug? Ein voller Mond wäre jetzt gut statt all dieser Sterne. Ja, schau sie dir nur mal an, Julia, die Sterne! Chaotischer als in deinem Kopf sieht 's im All auch nicht aus! – Bin verwirrt. Ganz beklommen. Fast schon gelähmt. Hab' seine Nähe gesucht, seinen Blick – die ganze Zeit eigentlich schon. Hab seine Gespräche belauscht und mir jeden Abend einen neuen Morgen mit ihm gewünscht. Hab' es genossen, plötzlich etwas zu haben, was mich beschwingt, etwas Schönes – heimlich für mich allein. Dachte, ich hätte alles im Griff. Aber dass sich ein Körper ..., dass sich mein Körper mit einem Blackout ... Ungeheuerlich ist das doch! Ich bin ..., bin ich ...?

Du liebst, sagt es in mir, und ich wundere mich, dass es so unaufgeregt klingt. Weil darin vielleicht etwas ganz Altes, Vertrautes mitschwingt? Ich – nein, er war 's: Er hat gefragt, damals, weil er wusste, dass ich nichts dringender suchte als seinen Rat. Wolferl zum Beispiel hätte ich niemals gefragt. Aber dir, Alfred, hab' ich eine wie mich nun mal zugetraut. Konnte mich zeigen vor dir – in meiner Erwartung ans Leben: Anspruchsvoll, unbeherrscht, engstirnig, ängstlich und so voller Wut, wie ich war. Ich hatte mich doch verrannt.

∗∗∗

Es geht sich nicht leicht in lockerem Sand, auch wenn es nun in mir flüstert und singt. Kaum ziehe ich einen Fuß heraus, rutscht der andere wieder zurück. Hätte ich Stiefel anziehen sollen? Aber zum Umkehren fehlt mir die Zeit. Zum Sonnenaufgang will ich ganz oben sein. Hab' mir die nächstgelegene Düne gewählt. Auf die halte ich zu. Anfangs ging 's gut. Aber jetzt weiche ich aus, verliere durch Seitwärtsgänge die Kraft, die ich zum Aufsteigen bräuchte. Serpentinen also: Keuchend winde ich mich hinauf. Sehe ich das Lager denn noch? Drei Fahrzeuge und dreizehn Zelte in einem Dünenbassin – fahle Punkte im nächtlichen Licht.

Inzwischen bäumt sich der Hang wie eine Welle über mir auf. Das Schwerste kommt also noch. Dabei schlägt mir das Herz schon jetzt bis zum Hals. – Es war an der Mosel vor ein paar Jahren, als ich zum ersten Mal in eine Steillage stieg. Allerdings konnte ich mich da von einem Weinstock zum anderen hangeln.

Auf allen Vieren schaffe ich es endlich bis auf den Kamm. Wogender Sand – mehr kann ich nicht denken, so zittrig und nass geschwitzt, wie ich bin. Hänge und Mulden und Kämme, bis an den Horizont dehnt sich das alles um mich herum. Ich ringe nach Luft. Massenhaft Sand braucht es für eine solche Landschaft und ständiges Wehen – und Zeit. Sehr viel Zeit.

Dass der Hang, über den ich kam, Rippeln hat, fällt mir erst im Vergleich mit der anderen Seite auf. Luv und …, ja, warum habe ich nicht an die Schulzeit gedacht? Lee-seitig formen sich Rippeln. Dort ist es steiler. Hätte ich mir einen Luv-Hang gewählt, wäre ich jetzt nicht so geschafft.

Plumpe, planlos schleifende Spuren ziehen zu mir herauf: Versuch und Irrung, von meinen Füßen in die große Leere geschrieben und schon wieder ein wenig verweht.

An welcher Stelle sich die Sonne wohl über die Dünen erhebt?

Sie waren Götterkinder, geht es mir durch den Sinn, und ich setze mich endlich und trinke und ziehe auch meine drei Datteln heraus: Ja, es waren einmal zwei Götterkinder. Vielleicht sind sie es noch. Geschwisterlich hatten sie sich in die Zeit geteilt. Die Nacht für die Schwester. Dem Bruder der Tag. Auf diese Weise konnte ein jedes in seinen Schranken walten, ohne dass es dem anderen ins Gehege kam. Ordnung muss sein. So weiß man doch, was zu erwarten ist. Alles war gut, bis unerwartet zu Mond und Sonne noch ein Schwesterchen kam. Wetten, dass damals wenigstens eines der beiden sagte: Na, also die hätten wir nicht noch gebraucht! Wenn nicht gesagt, so doch zumindest gedacht. Sie war aber nun da, Aurora, die süße Kleine, und weder Schwester noch Bruder ließen sie ein in ihr Reich. Schlimm genug, dass sie so einfach zwischen sie trat, sich drängelte besser gesagt.

Angenommen, Aurora hätte die Wahl gehabt: Wäre sie zu ihrer Schwester gegangen? Zwei Weiber, da scheint das Gezick' vorprogrammiert. Wenn aber der Bruder anspannen ließ, um über den Himmel zu fahren, kam sie jedes Mal mit glühenden Wangen gerannt, bestaunte den goldglänzenden Wagen und tänzelte, um ihn aufzuhalten, vor seinen Rössern einher. Er ließ sie gewähren, und bis zum heutigen Tag blieb es dabei: Wenn Aurora kommt, blüht der Himmel. Während ich meine Datteln lutsche, mischt sie ihr zartes Rosa ins Grau – ein Albtraum vermutlich für die Geschwister. Was zählt denn, worauf ist noch

Verlass, wenn alles, was die Kleine mit ihren rotschimmernden, lichtvoll türkis–grünen, bläulichen Schleiern berührt, ins Mir-nichts-dir-Nichts entschwebt? Sie weiß ja nicht, was es heißt, eine Grenze zu halten, ein Reich mit Leben zu füllen. Solche Gedanken kümmern sie nicht. Ihr Spielplatz ist die Unmöglichkeit. Sobald sie auftaucht, wird der Raum weit. Wo sie hinschaut, schrumpft die Zeit. Aus jeder Ferne bringt sie das Nahe mit, kehrt – eine Göttin! – eines Tages sogar mit der Liebe zu einem Menschen zurück. Und als hätte sie die Götterwelt damit nicht schon genug aufgemischt, scheint es das Selbstverständlichste aller Welten für sie zu sein, den Göttervater um die Unsterblichkeit ihres Gemahls zu bitten. Unmöglich, die Kleine! Und doch: Er geht darauf ein. Wen zwingt sie nicht in ihr Bild? Oder sieht sein wissender Blick, dass ihr mit dieser Liebe nun auch etwas zu ihrer Sorge anvertraut ist? Tritt sie deshalb in Verhandlungen mit dem großen Gott ein? Für ein solches Unterfangen hätte sie besser eine gedankliche Ordnung gehabt: Vorstellungskraft, Weitblick und was man sonst noch für ein gutes Gelingen braucht; Eigenschaften, auf die sie aber – flüchtig, wie sie nun einmal ist – nicht zurückgreifen kann. So bedenkt sie auch nicht, als sie dem Gott das ewige Leben für den Geliebten abringt, gleichzeitig um seine ewige Jugend zu bitten. Endlos altert er nun vor sich hin. Logisch, meinen die einen. Andere wollen nicht glauben, dass die Geschichte damit zu Ende ist: Schließlich, sagen sie, verlässt Aurora jeden Morgen errötend ihr Bett.

Fragt sich nur, ob es das ihres Ehemanns ist.

***

Als ich ins Lager komme, schlägt Talal schon Eier fürs Omelett auf: „Ein Dünentag, Allah sei Dank!" Heute, meint er, käme es mal nicht so sehr auf die Meilen an. – Aber warum steht er bis zu den Knöcheln im Sand? Haben wir unsere Küche gestern nicht auf den Teppich gestellt? Ich bohre mit dem Fuß mal ein wenig nach und tatsächlich, der Teppich wurde über Nacht vollständig zugeweht. „Ein Spaßtag also", komme ich auf seine Begrüßung zurück, „für uns oder für euch?" – Die tropfenden Eierschalen noch in der Hand sieht er mich abwartend an. Schließlich könnte es sein, dass wir in dieser Sache nicht einer Meinung sind. Ich lächle ihn an und genauso bekomme ich es zurück. Nur, warum sehen meine Leute so muffig aus? Unrasierte Männer, den Blick auf schwappenden Kaffee gerichtet, stolpern an mir vorbei. Haben hoffentlich nicht noch die gestrigen Pannen in ihren Knochen oder konnten nicht schlafen? Haben zu allem Übel auch nicht die gewohnte Morgentoilette gehabt. Ist ihnen ihr Urlaubsabenteuer etwa zu unbequem? – „Was die kommende Nacht betrifft", ruft Talal mir nach, „du kriegst noch Bescheid. Esst jetzt mal. Zuerst essen. Dann packen. Zum Schluss die Zelte abschlagen. Wir können erst mit dem Verladen beginnen, wenn jeder gefrühstückt hat."

„Sie strahlen ja!", empfängt mich Frau Köhler mit unwirschem Blick. Muss ich mich schuldig fühlen, weil ich so gut gelaunt bin? Jemand hinter mir lacht: Alfred, eine Tasse in jeder Hand, ein Grinsen im bartstoppeligen, sonnenverbrannten Gesicht, als ginge ihn der Missmut seiner Umgebung nichts an. Ob er meinen Blackout gestern überhaupt mitbekam? – „Da, schau mal", sagt er, „für dich."

„Lieb von dir, danke!" Gut, dass Frau Köhler mich nur von hinten sieht.

***

Man sollte sich wenigstens festhalten können auf dieser Fahrt – am Sitz des Vordermanns oder einem seitlichen Griff. Leider hat es Alfred in die Mitte der Rückbank verschlagen, wo er beides nicht hat. Und das ausgerechnet am Dune–Bashing–Day, an dem alles erlaubt ist, wenn es der Fahrer nur schafft, das Fahrzeug über den Kamm zu bringen. Ein Rumpeltag also, an dem man schon mal auf dem Schoß seines Nachbarn landet.

Die Trucks wirbeln gewaltige Staubwolken auf, denen Navid zwischen den Dünen nicht ausweichen kann. So bleibt er zurück und macht schließlich auf einem Sandrücken halt. Damit wir auch mal erleben, wie es ist, mit einem Fahrzeug in der Wüste allein zu sein, sagt er und zündet sich eine Zigarette an.

Alles ist ruhig plötzlich und für ein paar stumme Augenblicke schweifen meine Gedanken über das wogende Land, aber dann geht es weiter und mit Karacho hinab. Am Boden der Senke scheint der Sand tiefer zu sein als alles, was wir bisher gemeistert haben, doch zu meiner Erleichterung tauchen die beiden Trucks vor uns auf.

Während Navid sich durch das Dünental schlängelt, räume ich die Ablage zwischen uns auf. Schlüssel und Kabel sind dort inzwischen versammelt, Keksreste, Kaugummis, Bonbons – und Sand natürlich. Den gibt es gratis und nicht nur in Schuhen und Strümpfen. Er fällt aus Haaren und Hosen, sitzt in den Ohren, kratzt zwischen T–Shirt und Rücken, lässt den Bauchnabel jucken und vor allem die Augen. Je mehr ich reibe, umso heftiger tränen sie, bis Bonbons, Kekse und der ganze Kabelsalat in einem Ozean untergehen. Thetys, denke ich, während ich mir ein Taschentuch suche, Thetys, das Urzeitmeer, das sich hier einmal dehnte, bis ihm zwei Kontinente den Platz streitig machten. Ein Teil seines Bodens haben sie ihm regelrecht unterm Hintern weg auf das arabische Festland geschoben. Zwanzig Millionen Jahre, sagen die Forscher, hätten die Gewaltigen dafür gebraucht. Später, viel später, flutete wieder ein Meer heran, flacher diesmal und wärmer ... Aber wie lange schaukeln wir jetzt schon an dieser Düne entlang? Wie lang kann eine Düne überhaupt sein? Wie ein mächtiger Riegel blockiert sie das Land. Talal, vor uns, nimmt sich für ihre Erkundung Zeit. Natürlich weiß er, dass er in seinen Neffen aufmerksame Beobachter hat. Das anhaltende Zucken in Navids Wangen sagt mir, dass er die Suche seines Onkels mit Spannung verfolgt. Talal ist Boss. Von seinem Entschluss hängen wir alle ab. Allerdings wird er es auch sein, der seinen Plan als Erster probiert. Wir werden zuschauen müssen, wie es ihm dabei ergeht. Aber jetzt, glaube ich, schwenkt er ein. Sein Anstiegswinkel ist flach. Es wird also dauern, bis er an Höhe gewinnt.

Alle drei haben wir es schließlich hinaufgeschafft – ein guter Platz, um mal Pause zu machen, doch die Sonne brennt heiß und viel zu grell auf uns herab. Das Sandmeer liegt farblos und ohne Schatten, und doch ist sein Muster nicht fad. Wälle und Senken scheinen hier regelloser ineinander zu greifen, als wir es gestern sahen. Andere Winde schaffen eine andere Form. Während sich die Fahrer bei einer Zigarette besprechen, laufen wir am Rand eines Bassins entlang. Dort müssen wir nun hinab.

Wie immer die Letzten, kommen wir erst unten an, als Talal auf der gegenüberliegenden Seite mit der Auffahrt beginnt. Fast hätte er es geschafft, kommt kurz vor dem Ziel aber nicht mehr voran, rollt zurück und versucht es gleich noch einmal. Wieder mahlen die Räder im Sand. Vier- oder fünfmal stürmt er erfolglos den Kamm, bis er sich hinabgleiten lässt. War es das? Und was jetzt?

Wir warten, ob sich am Fuß der Düne etwas bewegt. Motor und Kühlung laufen nicht mehr. Im Wagen ist es so heiß, dass jeder kurz vor dem Kollaps steht. Trinken! Und Salz! Vielleicht, dass sich die Luft draußen etwas bewegt? Aber mehr als Stille kommt durch die offenen Türen auch nicht herein, eine andere Stille jedenfalls als die auf dem Hügel vorhin, wo meine Gedanken den Linien der Hänge folgten, die – ausladenden Armen gleich – Senken und Becken umfingen, sich aufbäumten, um ineinanderzufließen. Dort war es so still, dass ich glaubte, mein Leben würde nun enden und nur eine Verwunderung bleiben, dass es für dieses Spiel, das Winde und Sand hier seit undenkbaren Zeiten betreiben, bisher keinen Raum in meiner Vorstellung gab. Du liebst, sang es auch wieder zu mir, bis – ja, bis Herr Köhler sich neben mich stellte. Wenn man 's genauer betrachtet, meinte er, würde sich hier doch so mancher Hang mit dem Schwung junger Brüste erheben.

Aber nun sitzen wir fest – in einem Kessel. Habe ich Kessel gesagt? Jedenfalls scheint mir die Stille hier, im Vergleich zu unserem letzten Stopp, eher ein Stillstand zu sein. Immerhin haben wir ein schattenspendendes Dach über dem Kopf. Die Hand am Zündschlüssel, verfolgt Navid Talals erneuten Versuch. Als er es wieder nicht schafft, wirft Navid den Motor an, wendet, arbeitet sich zurück, den Hang hinauf und oben am Rand des Plateaus entlang. Andere Dünentäler, Senken, Mulden, Bassins tun sich auf. Navid hält an, stapft voraus, tritt mal hier, mal dort auf die Kante und hat sich schließlich für eine Stelle entschieden, die er zu einer Rampe zusammenstampft.

Er wird doch nicht – hier? Doch, er wird. Aber noch steht er und schaut. Anschnallen heißt es dann und seine Zigarette landet im Sand. Die Fenster? Sind zu. Die Türen? Geschlossen. Was rumfliegen könnte, wird noch unter den Sitzen verstaut, denn er fährt ja bereits, lenkt den Rover so nah an die Rampe heran, dass der Kühler über dem Abhang hängt. „Go, my baby!", höre ich ihn, während er zärtlich über das Armaturenbrett streicht. Seine Stimme klingt fremd.

Viel zu steil ist das doch! Wir werden uns überschlagen. Ich spähe, gegen Boden und Decke gestemmt, seitlich in die Tiefe voraus, während sich vor uns kaum merklich der Kühler senkt und wir samt Koffern, Taschen und all den verkrüppelten Ästen auf unserem Dach kopfüber – so jedenfalls fühlt es sich an – über die Rampe gleiten, schliddern, rutschen, immer steiler hinab.

Nach dem ersten Drittel wage ich wieder zu atmen. Als die Mitte hinter uns liegt, lässt die Spannung in meinem Körper nach und am Ende tuckern wir, als ob nichts gewesen sei, hinunter ins Tal.

„Geschafft, Navid! Gratuliere. Wunderbar!"

Feuerzeug, Zigarette! Mit zitternden Fingern steckt er sie an. Ja, das ist es, was er jetzt braucht. Es hätte auch schiefgehen können. Mehrmals geht er um Baby herum, prüft Reifen, Achsen, Ladung und weiß der Himmel, was noch. Selbst das Krüppelholz sitzt noch immer fest auf dem Dach.

„Wozu ...", frage ich und deute hinauf.

„Wir könnten einen Fisch fangen, Julia, und dann?"

Warten. Mehr als eine Dreiviertelstunde nun schon. Bewegungslos. Bei geöffneten Türen. Während mein Blick am Uhrzeiger hängt, sitzen die Herren Köhler und Stocker auf der Rückbank und dösen oder träumen sich, wer will das schon wissen, in Bilder von Rotwein mit Käse und jugendlichen Brüsten hinein. Navid hockt im handbreiten Schatten von Baby und qualmt. Bin ich die Einzige, die sich hier sorgt – um die sieben im Kessel da drüben, um ihre Fahrer und überhaupt? Sorgen, na klar! Was anderes bleibt mir ja nicht. Weil ich eben nichts kann, ja nicht einmal weiß, was in einer Wüste notwendig ist.

Warten und trinken. Einen halben Liter habe ich noch. Nicht einmal Beduinen, sagte man mir, dringen hier tiefer als unbedingt nötig ein. Schlaf, Julia! Zieh dich in deine Träume zurück. So sparst du Wasser und Kalorien. Doch die Gedanken wollen hinaus in die Weite, die für den Körper zu leer, zu heiß und zu trocken ist.

Navid vertraut. Ja, das wird es sein – eine innere Kraft, die ihm jetzt Ruhe beschert. Er kennt Talals Fähigkeiten, weiß auch, wie weit er sich auf sich selber verlassen kann. Hat schließlich beobachten und vergleichen gelernt. Kann beurteilen. Scheut keinen Entschluss. Hat er sich nicht gerade mit der gewagten Abfahrt bewiesen? Er kann sorgen und planen, schaufeln, Bleche legen, Seile montieren, Reifendruck kontrollieren, Vertrauen erwecken, aber …

Herr Köhler hat einen Punkt entdeckt, dicht unter dem Kamm.

Dass Vertrauen und Kompetenz einander bedingen, warum wird mir das erst in der Wüste bewusst? Wo ist mein Notizbuch? Der Stift? Ich muss das unbedingt aufschreiben, für meine Chris. Der Punkt, meldet Herr Köhler, würde sich nun verschieben. Tatsächlich, er wandert an der Kante entlang und bergab, wird ein Strich und ein Mann. Dass es Alfred ist, sehen wir erst, als er den halben Abstieg hinter sich hat. Was ist nur passiert, dass er in dieser Glut aus dem Kessel heraus … Wenigstens hat er den Strohhut auf. Gegen alle Vernunft treibt es mich aus dem schattigen Wagen.

Nach einer Weile findet sich Herr Köhler neben mir ein. Er habe gestern ein Gespräch zwischen Alfred und Benny verfolgt.

So, wie dieser Mann – er deutet hinauf – sich ausgedrückt habe, könnte man meinen, dass er Philosophie ...

„Theologie", falle ich ein und weil ich seinen zweifelnden Blick bemerke, wiederhole ich 's noch einmal.

Alfred hört uns nicht. Hat er uns überhaupt schon bemerkt? Jeder Schritt braucht Aufmerksamkeit. Leise summend kommt jetzt auch Navid heran: „Wir könnten einen Fisch fangen, Julia." Er schaut hinauf, winkt, pfeift zwei, drei Mal schrill und Alfred hebt seine Hand. Nur Herrn Stocker scheint unsere ganze Situation mal wieder vollkommen wurscht zu sein. Zusammengefaltet sitzt er, bewegungslos, stumm. Umklammert seine Kameratasche, als fürchte er einen Raubüberfall. Sobald Alfred in Rufweite kommt, bringt er uns auf den letzten Stand: Nach Talals Kapriolen habe der Motor gestreikt – eine Nachricht, die Navid nicht zu beunruhigen scheint. Das Getriebeöl sei überhitzt, meint er. Deshalb würde das Sicherheits–Aus aktiviert. Nun müsse sich der Magnet aufbauen. Das brauche Zeit.

„Trink erstmal was!", sage ich und halte Alfred meine Flasche entgegen.

„Weißt du ... Ja, danke."

„Und komm endlich aus dieser verdammten Sonne heraus!" Warum fummelt er nur immerzu an seiner Brusttasche rum? „Ich dachte", sagt er und hustet und spuckt und spült den Mund mit dem restlichen Wasser aus, „ich dachte, falls wir da drüben ..." Ausgerechnet jetzt stürmt Herr Köhler heran: „Mensch, Mann! Wir müssen mal reden! Wusste ja nicht ..." Bevor er ihn mit sich fortziehen kann, schiebt Alfred mir aber noch etwas zu. Ein wenig traurig, aber doch so erleichtert schaue ich ihnen nach und dann – ja, dann beäuge ich still vergnügt das Rosenölfläschchen in meiner Hand.

Sie kommen schließlich: zwei Spielzeugautos, weit oben vor milchigem Horizont. Der Schwerpunkt der Trucks läge tiefer als bei unserem Rover, meint Navid. Die Abfahrt würde also weniger riskant für sie sein. Und doch, wie gern wollte ich, gerade jetzt, Mäuschen sein, um in das Wageninnere oder besser noch in die Gedanken der Leute zu blicken, um ihre Neugier zu erleben, ihre Bedenken und ihre Angst in dem Moment, in dem alles für sie auf der Kippe steht.

Minuten später steigen sie aus, wortkarg, was – wie ich finde – alarmierend und auch enttäuschend ist. Selbst nach einem kärglichen Lunch sehen die Damen Britzelberger und Kunze noch immer ziemlich benommen aus. Ein starker Kaffee täte jetzt gut.

Für den Nachmittag habe ich mit Alfred die Plätze getauscht. Ich sitze also bei Talal in der hinteren Mitte. Noch immer scheinen die Dünen neben uns herzulaufen. Allmählich bleiben sie aber zurück. Das Land weitet sich. Und weil nun der Boden mehr Widerstand gibt, tritt Talal aufs Gas, dreht die Musik auf und lehnt sich zurück. Zu sehen ist nichts. Nicht viel jedenfalls. Sand und Himmel kommen mir seltsam zwielichtig vor. „Haben wir Nebel, Talal?“ Er wiegt seinen Kopf. Sand also. Oder beides vielleicht? Vermischt sich hier Nebel vom Arabischen Meer mit sandgeschwängerter Wüstenluft? Als sich die Sonne neigt, tauchen Gestalten auf, lautlose Schatten mit geschwungenen Hälsen auf staksigen Beinen. Sehen fast wie Herr Stocker aus. Dass es lebendige Wesen sind, glaube ich erst, als wir halten. „A Camel–Farm“, meint Talal nur und verschwindet im Dunst. – Eine Farm! Aber was will das schon heißen: ein Pickup, mit Wasserkanistern beladen, ein paar Wannen zum Tränken. Und auch zwei Männer sind plötzlich da. „Esst ihr die?“ Benny zeigt auf die Tiere. – „Milch“, antwortet ihm einer der beiden mit bemerkenswert sanfter Stimme. – „Schokolade?“ – Die, meint der Mann, könne man dann am Flughafen kaufen. – „Vollmilch?“ – „Ja, Vollmilch auch.“

Kein Haus, kein Wohnwagen, kein Zelt weit und breit. Wo schlafen die beiden? Der Staat habe ihnen Häuser gebaut, klärt Talal uns auf. Etwa eine Stunde von hier. Und weil ein paar von ihnen frei stünden, würden auch wir dort heute Nacht bleiben.

***

Eine Halle. Eine Einbauküche mit einem Propangasherd. Ein Duschbad und zwei Toiletten, davon eine neben dem Empfangsraum gleich vorne rechts. „Hier schlafen die Männer", sagt Talal und wirft einen prüfenden Blick hinein. „Da hinten", sein Arm bewegt sich zum Ende der Halle, „die Frauen."

„Die Kemenate also", murmelt Frau Wegwert und markiert gleich mal ihren Platz neben der Tür. Bleiben noch Köhlers, das einzige Ehepaar. Bevor er in der Küche verschwindet, quartiert Talal sie im Kämmerchen neben der Dusche ein. Wir laden ab: Matratzen, Reisetaschen und Küchenkram. Mit jedem Schritt schleppen wir Sand ins Haus. Also fege ich, bevor wir Tische und Stühle aufstellen, die Halle erst noch mal aus.

Talal hat Tee gemacht und auch das Reiswasser kocht. Said schält Zwiebeln, putzt Paprikaschoten, schneidet Zucchini und Auberginen. „Indisch", sagt er, als er Schüsseln mit Reis und Gemüse zwischen uns stellt. Das Rezept hätten Seefahrer mit in den Oman gebracht. Was für ein warmes Lächeln er selbst nach einem so anstrengenden Tag für uns hat! Wenn ich mir dagegen meine Leute betrachte ... „Wieder kein Bier", brummt Herr Dannenberg, ist aber der Einzige, der überhaupt noch was sagt. Alle sind müde. Klar. Wer würde nicht gerne auf seiner Matratze liegen? Allerdings müsste man dafür seinen trägen Hintern aus dem Stuhl herausheben. Man sollte auch wissen, wie es mit dem Duschen, Frühstücken und Verladen morgen früh weitergeht, vom abendlichen Abwasch einmal ganz abgesehen. Als gehe ihn das alles nichts an, steht plötzlich Herr Stocker auf, räumt Besteck und Teller zusammen und verschwindet im Herrenzimmer, wie Frau Wegwert nun das Zimmer mit der separaten Toilette nennt.

„Und ihr? Wo schlaft ihr heute Nacht?" Benny schaut Said neugierig an, aber der hat sich gerade den Mund vollgestopft und rollt nur die Augen zur Treppe. Schon stürmt Benny zur Dachterrasse hinauf: „Cool!" und „Mega!" tönt es von dort. „Sandig auch", bremst Herr Dannenberg ihn zum Glück aus.

Aufräumen. Abtrocknen. Die ersten wandern ins Bad. Ruhig wird es erst nach Mitternacht. Erschöpft und total überdreht liege ich endlich in meiner Matratzenecke. Eigentlich will ich nur schlafen, aber die missgelaunten Gesichter meiner Leute halten mich wach. Haben sie eine Erholungsreise erwartet? Also, ich … Palmen und Strand und mit den Füßen im Wasser wie vor zwei Jahren, als ich in Muskat das Begleitprogramm für einen Kongress organisiert habe. Ja, einen solchen Urlaub würde ich für mich buchen. Allerdings hat mich dort eine kanadische Ärztin ziemlich unverblümt beim Lunch ausgefragt: Studium, Beruf, Scheidung, Kind.

„Are you ready for another man?", wollte sie schließlich wissen.

Ja, würde ich heute sagen. Ja, da ist einer, der hat mir Lust gemacht – auf sich und auf mich. So sehr, dass ich das Beben genieße, jedes Mal, wenn wir uns gegenüberstehen, und den Jubel, mit dem sich alles in mir ihm entgegensehnt. Habe ich nicht vorhin im Schatten des Wagens versucht, ihm mit Händen zu sagen, was mit Worten nicht ging? Und doch frage ich mich, ob ich für so viel Glück noch die Nerven habe? Vielleicht hat mich mein beschränktes Leben zu genügsam gemacht? – Einen Fisch fangen, hat Navid gesagt, aber der hat gut lachen: Wer von Wind spricht, wenn sich über dem Meer ein Lüftchen erhebt, spürt natürlich, dass zwischen Alfred und mir etwas in Bewegung gerät. Nur wer, Navid, wäre denn hier der Fisch? Willst du mich eine Jägerin nennen, die ich den Sprung ins kalte Wasser nicht schaffe?

Alfred dagegen – hat immer gewagt.

Ob nicht gerade er Verständnis für Bernhards Entscheidung habe, hatte ich ihn gefragt, als jeder in der Familie über das plötzliche Verschwinden des Jungen außer sich war. Durchaus, meinte er, doch im Unterschied zu Bernhard habe er kein so behütetes Nest gehabt: Sorgende Eltern und Großeltern, deren Tapferkeit und Beharrlichkeit … Lag es an der Unmöglichkeit, mir, der behüteten Tochter, seine Lage begreiflich zu machen, dass er plötzlich nicht weitersprach? – „Berlin lag in Trümmern, Julia", sagte er nur, „ich hatte nicht mal ein Dach über dem Kopf."

Warum er aber immer noch meine, dass das Klosterleben nichts für ihn sei, kam ich noch mal bei Lutter & Wegner darauf zurück. – Zu behaupten, dass es *nichts* sei, sagte er, wäre ungerecht und wohl auch übertrieben: „Es ging mir dort gut. Ich wurde ernährt, habe Ordnung lieben gelernt und Bildung bekommen. Ob man mir das alles aus Pflichtgefühl oder Mitleid hat zukommen lassen, ob Erwartungen damit verbunden waren, kann ich nicht sicher sagen. Ich habe das Tun dieser Brüder für tätige Liebe gehalten und mich viele Jahre lang aufgehoben und zufrieden gefühlt."

„Bis ..."

„... die Gewohnheit kam, Julia, und all die schleichenden Übel in ihrem Gefolge. Wenn die Sicht auf die Dinge immer dieselbe ist, schläft die Urteilskraft ein. Hatten wir es so nicht gesagt? Schlimmer ist es, wenn Wachheit und geistige Schärfe dazu herhalten müssen, andere Sichtweisen totzuschweigen, sie zu bekämpfen oder gar auszumerzen. Und das alles nur, um sich sein Weltbild zu erhalten." Regeln und Auslegungen habe er jahrelang tief verehrt. Sein gesamtes Umfeld habe sich schließlich darauf berufen, dass alles – von der kosmischen Ordnung über die Kirchenhierarchie bis hinunter in das eigene kleine Leben – schon immer so war, wie man es pries, und auf ewig so bliebe. Es sei dann aber genau diese Geschlossenheit gewesen, die seine Unzufriedenheit schürte. Die Brüder schienen ihre Antworten leichtfertig zu geben. Zu prompt. Und zu routiniert. Zu selbstsicher. Gönnerhaft. Während er seine Argumentation zunehmend als befangen empfand: „Ich konnte mich in meiner gedanklichen Welt nicht länger lebendig fühlen, Julia. Ich war es auch leid, denkend immer wieder dieselben Runden zu drehen. Da entdeckte ich eines Tages, ich sagte es schon ..."

Tat es ihm weh, mir das alles erzählen zu müssen?

„Als ich mit zwei Novizen das Zimmer eines verstorbenen Bruders ausräumte", fuhr er fort, „fand ich ein Buch; das heißt, zu finden war da nicht viel: Es lag vor mir auf einem halbhohen Regal – klein, kompakt, in einem rot und blau bestickten Futteral. Es sah nicht anders aus als ein Brevier. Und dafür hielt ich es auch. Schließlich hatten die älteren Brüder bei ihrer Inspektion zuvor keinen Anstoß daran genommen. Wenn ich die bekannten Texte nur mal in einer anderen Aufmachung lesen könnte, dachte ich mir, und ließ es – die anderen trugen gerade den Lehnstuhl hinaus – durch den Ärmel unter die Kutte gleiten. Dort steckte ich 's mir in den Hosenbund. Die Not – nein, ich glaube, du könntest so etwas niemals empfinden, Julia – diese verzweifelte Angst, die mich überfiel, als ich auf der Toilette erkannte, dass ich ein Buch mit weltlichem Inhalt in meinen Händen hielt. Ich hatte begehrt, was weder mein, noch für mich bestimmt war, und gestohlen dazu. Die erste Sekunde, in der ich mal wieder, nach vielen Jahren, selber in meiner Verantwortung stand, hatte gereicht, um mich schuldig zu machen! Kalter Schweiß brach mir aus. Ich sah nur noch Blitze in schwarzer Nacht und kotzte ins Klo."

„Hast du 's versteckt?"

„War zum Dienst eingeteilt: Gesangbücher ausgeben. Einsammeln. Ordnen. Wir hatten mehr, als Brüder zum Beten kamen. Einige blieben immer im Kasten liegen. Dort, ganz zuunterst … Ja, so konnte ich ihn dann kennenlernen, den alten Montaigne." – Er habe sich wie Eva gefühlt, fügte er damals noch lächelnd hinzu: Die Drohung im Kopf, den Apfel aber schon in der Hand. Das Schlimmste seien die Nächte gewesen. Doch dann, an einem verregneten Novembermorgen, habe er sich endlich gesagt: Sie hat 's überlebt. Also werde ich 's auch. Klang vernünftig. Gleichzeitig habe er aber gespürt, dass ihn neben dem Gewohnheitsverdruss noch etwas ganz anderes trieb: „Neugier, Julia. Gier also im Grunde genommen. Zum ersten Mal gestand ich mir so etwas Schreckliches ein. Seit ich in klerikaler Obhut lebte, hatte ich doch meine Gelüste immer nur unter den Teppich gekehrt.

„Keine Frage, mein Alltag war komplizierter geworden, seit ich das Buch besaß. Aber nicht durch die Gedankengänge, die ich dort las. Es tat mir auch gut, einen Ort zu haben, an den ich mich zurückziehen konnte. Der alte Montaigne hat ihn sein Hinterstübchen genannt, erinnerst du dich? Dort sprach er mit sich. Dort sprach er nun auch zu mir: Mit anderen haben sie reden gelernt, mit sich selber aber reden sie nicht.[15] – Graecum, Hebraicum –", kam er später noch mal auf sein Studium zurück: „Im Gegensatz zu dir, erinnere ich mich gern an meine ersten Semester. Habe auch eine Kontinuität im Lehrangebot nicht vermisst. Gibt es sie überhaupt?"

Seine Frage schreckte mich auf.

„Ich meine, kommt Geschichte denn ohne Sprünge und Brüche aus? Wurde sie nicht als ein Großes und Ganzes rückblickend zurechtgedacht? Zur eigenen Befriedigung vielleicht? Zur Legitimation von Macht?"

Was hätte ich antworten können? Mit zweiundzwanzig reichten meine Gedanken nicht weit.

Von einem Stillstand hatte er an jenem Abend noch im Hinblick auf ein solches Gedankenkonstrukt gesprochen, von einem Stillstand, der jeden als Feind deklariert, der es mit dem Weitergehen probiert.

Ich war mit Lernen beschäftigt – damals. Die Idee, mein Wissen infrage zu stellen, war mir bis dahin noch nicht gekommen. Dabei hatte ich, was meine eigenen Pläne betraf, mit dem Zweifel längst Bekanntschaft gemacht: „Warum willst du katholische Theologie studieren, wenn du nicht Pfarrerin werden kannst?", hatte mich Onkel Willy vor dem Abi gefragt. – Sinn, Zweck, Broterwerb – ich gab mich gelassen, obwohl es mich traf. Im Lauf der Zeit ging ich zu ihm auf Distanz. Aber seine Frage tauchte immer mal wieder auf und hatte jedes Mal, wenn sie verschwand, ein wenig mehr an meinem Weltbild genagt. Hatte ich mit Onkel Willy womöglich Front gegen den Falschen gemacht? Was ist das überhaupt für ein System, dem dich deine Eltern mit der Taufe anvertraut haben, sprang sie mich auch sofort wieder an, als Gerüchte über betrügerische Finanzaktionen im Vatikan aufkamen. Die Bank des Heiligen Geistes! Dass dieser Name überhaupt in Verbindung mit einem Verbrechen fiel, ließ mich

---

15 Er zitiert Cicero, Tusculum V, 36

55

erschauern. Il Banco di Santo Spiritu stand im Verdacht. Unfassbar war das. Von Geldwäscherei war die Rede – im ganz großen Stil, denn die Mafia sei mit im Spiel.

Erwartete man etwa von mir, dass ich die Straftaten meiner Hirten – offensichtlich Teil ihrer lange gepflegten Geschäftsstrategie – als bedauerliche Ausrutscher tolerierte oder gar ignorierte? Würde ich damit nicht Komplizin in ihrem Drecksgeschäft? Und warum sollten Männer, an deren Stecken kapitale Verbrechen kleben, weiterhin für das Amt des Pfarrers oder Priesters so viel besser geeignet sein als – zum Beispiel – ich? Merkwürdig, dass ich selbst hier in der Wüste beim bloßen Gedanken daran kalte Füße kriege. Fröstelnd ziehe ich mir den Schal über die Beine.

Schon damals schien mein Kirchenaustritt notwendige Folge zu sein. Doch es kamen Priester in unseren Verlag, deren Manuskripte ich als Lektorin betreute. Ich stellte mir auch in unruhevollen Nächten vor, wer von meinen Kollegen, Freunden, Bekannten zu mir auf Distanz gehen würde, sobald sie von meiner Entscheidung wüssten. Auf jeden Fall, da war ich mir sicher, hätte dieser Schritt den Bruch mit meiner Familie bedeutet. Angst, nirgendwo mehr hinzugehören, hatte sich jahrelang wie ein schwarzer, endloser See zwischen mich und diesen notwendigen Schritt gelegt.

Längst hätte ich es ihm sagen müssen. Dass ich's verschwieg, ist ja nicht aus Zeitnot oder Rücksicht geschehen. Bin wieder mal ausgewichen. Habe mich hinter Vernunfteleien und Unpässlichkeiten versteckt. Vielleicht, um noch ein Weilchen in meiner Verliebtheit zu schwelgen. Spätestens in Salalah wird er's erfahren. Alfred muss wissen, dass ich nicht mehr katholisch bin. Auch das ist Teil unserer Geschichte. – Aber dass er mir Einblick gewährte damals … Dass er von seiner Ratlosigkeit sprach und wie er sich um Haltungen quälte … Es hat mich gefesselt und zugleich auch befreit. Vielleicht war es meinem Gesicht abzulesen. Im Aufschauen jedenfalls stutzte er. „Bella Giulia!", kam es ihm über die Lippen. Heute weiß ich: Sanfter, zärtlicher können Lippen nicht sein.

Unser Gespräch in jener Nacht riss nicht ab. Kein Wunder: Sein Leben war spannend. Meines war fad. Inzwischen spielt sich mein Alltag allerdings auch nicht mehr nur zwischen Studium und Familienkram ab. Zudem scheint alles, was mir an Beglückendem und Ernüchterndem irgendwann einmal geschah, miteinander verwoben zu sein. Gegenwärtiges knüpft an Vergangenes an wie vorhin auch wieder, als ich dieses Wüstenhaus hier betrat. Tatsächlich glaubte ich doch für einen kurzen Moment, wieder in meiner leer geräumten Grünwalder Villa zu sein. Sie damals verlassen zu müssen, war wie ein Rausschmiss für mich. Abserviert, sagte ich mir. Das Leben will dich nicht mehr. Jahre später erst wurde mir klar, dass es genau dieses Leben war, das in den unbarmherzigsten Stunden an meiner Seite blieb, indem es mich jagte, plagte, meine Ausreden hintertrieb.

Ich hatte Angst.

Irgendwann habe ich sie aber verbannt, diese Angst, wie auch die Peinlichkeit und den Schmerz und die Scham, bis ich, glaube ich, überhaupt keine Gefühle mehr kannte. Ich wollte sie nicht. Sie kosteten Kraft, die ich für Urkunden, Belege, Verträge brauchte. Schließlich musste ich meine Nächte mit Bilanzen verbringen – ohne Sachverstand oder die leiseste Ahnung von der Umsicht, vom Wagemut und der Tapferkeit, die man braucht, um einen solchen Reinfall zu überstehen. Zum Glück lebte Vater bei meinem Absturz nicht mehr. Von ihm hätte ich lernen können, wie man mit Vertragspartnern, Kunden, Ganoven ... Nur hat mich das zu seinen Lebzeiten leider alles nicht interessiert. Habe ja Theologie studiert. Allerdings, je intensiver man eine Sache betreibt, umso ähnlicher wird man ihr. Heute weiß ich 's. Damals wusste ich 's nicht. Ich hatte meine ersten dreißig Jahre vertrauensvoll mit mir selber und in dem Irrtum verbracht, die Welt sei so, wie ich sie mir wünsche; hatte es auch trotz meiner vielen Gedanken kaum jemals zu einer tragfähigen Entscheidung geschafft. Musste ja nicht. Eines Tages dann, in Salzburg, kurz vor dem Vierunddreißigsten, stolperte mir Wolferl über den Weg. Er stürzte, um es genauer zu sagen, samt Scheinen – Fünfhundertern, Tausendern, die ihm dabei aus den Taschen flogen – über die schiefe Kante eines Gehsteigs mir geradewegs vor die Füße.

Schau hin, Julia! Hör zu! Denk und entscheide! Jahre später, als Wolferl geflohen war, musste ich mich dem Leben stellen. Nur noch Tatsachen zählten. Zum Träumen fehlte ohnehin jede Zeit. Und wenn sich Erwartungen einstellen wollten, schob ich sie wieder zurück. Hab' auf mich setzen müssen. Jemand anderes war ja nicht da. Konkurs, Scheidung, Hausverkauf – als ich alles in trockenen Tüchern hatte, machte sich ein Gefühl der Genugtuung breit, in dem ich auch gleich ...

Aber warum zieht mir das alles jetzt wieder durchs Herz?

Dass ich meine Münchner Lektoratsstelle aufgab, um als freie Journalistin mit Christina nach Braunschweig zu ziehen, ja, das war nach Wolferl mein zweiter Fehler. Ob ich überhaupt noch mal Ruhe finde in dieser ... Es ist doch noch Nacht? Die Fenster sind mit Papier verklebt und meine Uhr habe ich im Rucksack gelassen. Wären da noch die Fransen an meinem Schal, denn wie heißt es doch so schön im Koran: Wenn du ein schwarzes Fädchen von einem weißen unterscheiden kannst, dämmert der Tag. Das Waschzeug im Arm schleiche ich lieber mal in die Halle und sehe nach. Die Haustür ist angelehnt. Jemand war also schon hier. Eingang und Treppen sind zugeweht und die Fahrzeuge unten stehen bis zum Trittbrett im Sand. Schon stapft Navid mit Schippe und Besen heran. Er schaufelt noch, als ich, längst geduscht, am Frühstückstisch sitze.

Aufräumen. Packen. Sand fegen. Bis auf Herrn Stocker sind alle auf Trab. Der nämlich hat es sich – Augen zu und Fototaschen auf seinem Bauch – in seiner ganzen Länge auf dem Boden des Herrenzimmers gemütlich gemacht.

Endlich sind auch wir startbereit.

Im lockeren Sand sucht jeder Fahrer erst einmal seinen eigenen Weg. Nach einer Stunde aber formieren wir uns und schwenken auf die Straße nach Salalah ein. Durch den aufwirbelnden Staub haben wir die Trucks bald aus den Augen verloren. Sand und kein Ende. Ohne Scheibenwischer hätten wir überhaupt keine Sicht. Wo steht die Sonne? Der Staub hat ihr Strahlen in ein fantastisches Schimmern verwandelt – undurchsichtig und erhellend zugleich. Navid, glaube ich, kümmert es nicht. Und Frau Britzelberger? Warum sagt sie nicht mal was? Hat sie sich überhaupt schon mal durch ein so goldenes Leuchten bewegt? Warum staunt sie, warum freut sie sich nicht? Herr Stocker hat natürlich die Augen geschlossen.

Ob das, was sich hier zwischen den Verwehungen zeigt, überhaupt eine Straße ist? Und wenn ja, auch die Richtige? Navid muss hundemüde sein nach der kurzen Nacht auf der Dachterrasse. Heute Morgen dann wieder die mühsame Schaufelei! Als er endlich zum Frühstück kam, war das Omelett, das ihm Said gemacht hatte, längst kalt.

Zwei Stunden schleichen wir hier schon entlang. Niemand hat überholt. Keiner kam uns entgegen. Nur einmal tauchte im staubigen Dunst das Heck eines PKW vor uns auf. Man stelle sich vor: Ein PKW in der Wüste! Wenn auch nur an ihrem Rand. Als wir endlich schlingernd an ihm vorbeifuhren, schaute ein entnervtes Fahrergesicht zu mir rauf.

Schneller könnten wir ohnehin nicht fahren, unterbrach Navid vorhin mal sein Schweigen: Die Reifen hätten kaum Druck. Seitdem späht er wieder nur stumm durch die dreckige Scheibe. Nein, er hat keinen Sinn für den Zauber, der uns umspielt, kann, darf sich von ihm vielleicht auch nicht betören lassen. Es gäbe eine Werkstatt an dieser Straße, sagt er und steckt sich ein Pfefferminz in den Mund. Da bekämen wir Wasser, könnten Luft auffüllen, tanken und, o süße Zivilisation: Sie hätten dort auch Toiletten und einen Kaffee.

„Jejend ...", meint Benny und blinzelt über den Platz, „Jejend, sonst nischt. Wo sind wa' n hier?"

„Musste det unbedingt wissen?", ruft Herr Köhler gereizt und eilt zur Toilette.

„Quitbit im Weiß–nicht–Wo!" Lächelnd hält Alfred auf einen hübsch geschmiedeten Bistrotisch zu. „Letzter Stopp vor dem Hiobsland", meint er noch und fegt schwungvoll den Sand von der Platte.

„Hiob – ach ja." Ich stelle die Tassen ab.

Wellblechdächer und Palmenblätter, Reifen, Kisten, Wasserkanister – einfach alles ist hier mit einer dicken Sandschicht belegt: Sandstaub, so fein, dass er zwischen den Fingern klebt. Perfekte Kulisse für einen, der sein Ende erlebt, denke ich, während ich meinen Kaffee probiere. Ob es an der Schärfe des Kardamoms liegt, dass ich ihn hier – durch alle Zeiten hindurch – plötzlich vor mir im Staub sitzen sehe: Hiob, dessen Geschichte bestimmt nicht die erste ist, die man sich vom Schicksal eines reichen Mannes erzählt. Verarmt über Nacht. So ist es mir auch passiert. Machtlos, kraftlos und sprachlos zugleich.

Freunde, heißt es, seien gekommen.

Schöne Freunde.

Sie sahen und schwiegen. Sonst taten sie nichts. Was ihnen endlich doch über die Lippen kam, waren Erklärungsversuche und am ehesten dazu angetan, die eigene Unsicherheit zu verscheuchen; um zu retten, was vom fadenscheinigen Glauben an ihr Weltbild noch übrig war. Trost oder gar Hilfe für ihren Freund Hiob waren sie nicht. Als sie mit ihrer Deutung nicht weiterkamen, gaben sie ihm an seinem Elend auch noch die Schuld. – Man kann eben nur geben, was man auch hat, sage ich mir. Oder habe ich 's laut vor mich hingedacht? Alfred jedenfalls schaut mich überrascht an.

„Leere Worte ...", versuche ich, mich verständlich zu machen, „Worte, ohne Einsicht gesprochen. Nicht wahr, so werden Freunde zur Last." Ich lächle, aber mir ist nicht danach. „Wer überhaupt denkt sich schon in die Lage eines anderen Menschen hinein? – Aber denken konnte er noch, Hiob, der Arme, den seine Gesellschaft verdammte. Denken, ja. Wenigstens das. – Warum muss eine Gesellschaft, warum muss ein System erst in meinem eigenen Erleben versagen, bevor ich endlich mal meine Gedanken bemühe", lege ich gleich noch mal nach und drehe meinen Stuhl zu ihm hin: „Mein halbes Leben, musst du wissen, habe ich auf Widersprüche in meiner Kirche mit Seufzern oder Spott reagiert, habe mich achselzuckend mit der ritualisierten Freundlichkeit ihrer Priester begnügt und ihre kriminellen Machenschaften als vereinzelte Fehltritte bagatellisiert, bis – ja, bis mich selbst mal das Unglück traf und diese Kirche meine, wie ich finde, durchaus berechtigten Erwartungen nicht erfüllte. Erst da, Alfred, als sich in meiner Not kein Hirte fand, nicht einmal für ein paar wenige, persönliche Augenblicke – und es hat ihnen ganz sicher nicht an der Zeit gefehlt –, erst da habe ich mal Bilanz gezogen und über einen anderen, neuen, eigenen Weg für mich nachgedacht. Auch er hat Freunde gehabt: Hiob. Freunde, die sich göttliche Autorität anmaßten. Aber er hat sich … Nicht mal in seiner größten Verlassenheit hat er sich von ihnen einschüchtern lassen." – Ich hätte jetzt gerne noch ein Schlückchen getrunken, aber meine Tasse ist leer, und so hole ich nur tief Luft: „Ich habe dieser Kirche vor kurzem meinen Austritt erklärt, Alfred. Vielleicht ist dieses Nirgendwo der geeignete Ort, um dir das endlich zu sagen."

Stille liegt über dem Ascheplatz. Nur mein Herzschlag ist da noch in meinem Ohr, langsam und voller Kraft. – Wollte mal sehen, was du so machst. Bin ich nun eine andere Julia als die, die er sich hier erwartet hat? Meine Entscheidungsnot ist mit der seinen verwandt. Ob er aber so weit von sich absehen kann, um sich in mich hineinzudenken? Vielleicht wird es dauern. Ich werde warten. Er ist der Einzige, dem ich zutraue, dass er auch meine Ratlosigkeit mit mir teilen kann. Dafür liebe ich ihn.

„Konsequent", sagt er, bevor wir uns zur Werkstatt aufmachen, und drückt meine Hand.

Man wartet bereits – auf uns und Herrn Dannenberg. Der plaudert an der Theke mit einem jungen Paar, zwei Österreichern auf Hochzeitsreise, wie Navid uns sagt. Im Zurückschauen erkenne ich das entnervte Fahrergesicht.

„Suchen das Paradies", informiert uns lachend Herr Dannenberg, als er kurz darauf in den Wagen steigt: „Wenn sie sich da mal nicht übernommen haben."

***

Nach Thumrait kommt Bewegung ins Land. Mit ersten Hügelchen kündigt sich das Küstengebirge an. Jebali-Frauen zeigen uns, wie man Weihrauch sammelt, und dann stehen die Hänge plötzlich voll Gras: Vor uns liegt das Gelobte Land, hätte ich fast gesagt, so beglückend empfinde ich das immer noch staubige Grün. Die Straße zieht sich an steilen Klippen entlang, biegt um Bergkuppen, führt an Hängen und buschig bewachsenen Schluchten vorbei, um sich schließlich über Serpentinen immer weiter hinab zu winden in Salalahs Gärten hinein, wo man schon hinter Bananen-, Mango- und Citrusplantagen in einem Hotel auf uns wartet.

Die Balkontür steht offen. Unten schäumen die Wellen ans Land. Der Sog scheint so kräftig zu sein, dass sich Herr Köhler kaum halten kann. Unsere Trucks stehen im Schatten der Hauswand parallel zueinander geparkt, der Rover daneben, noch immer mit dem gigantischen Krüppelholz auf dem Dach: Wir könnten einen Fisch fangen, Julia. Und dann? – Na, immerhin, bis ans Meer haben wir's ja geschafft.

Zwei Stunden noch, dann geht es zum Souq. Zeit genug, um noch ein wenig zu schlafen. Aber zuerst wird die Wüste aus sämtlichen Ritzen und Poren gewaschen. Und was ziehe ich an? Ein Kleid endlich mal. Das grüne am besten, gerade geschnitten mit weiten Ärmeln und seitlich so weit geschlitzt, dass ich es auf den Beifahrersitz schaffe. Es würde passen – zu Salalah und zu mir. Um die Taille dann noch ein passender Schal.

Wo ist das Fläschchen, der kleine Flakon? Im Rucksack natürlich. Ein paar Tropfen nur in die Hände. Behutsam lege ich mein Gesicht hinein. Nichts mehr hören, nichts sehen. Mit jedem Atemzug mehr und tiefer in diesem Duft aufgehen. Tastend lasse ich ihn schließlich um Schultern und Brüste kreisen. Rosenbrüste. Demnächst würden sie kleiner, hatte mir die Ärztin beim letzten Mal prophezeit. Demnächst. Aber was will das schon heißen? Bisher jedenfalls …

***

Runde Samen und eckige. Körnchen, Kapseln und Schoten – unzerteilt, gehäckselt oder geschrotet. Rinden und Schalen und Blüten, Blätter, Stile, Ästchen und Wurzeln – geschnitten oder zu Pulver zermahlen und in Säcke gefüllt. Wer sagt einem, wie man mit diesen Zutaten würzt? Ich hatte mir Salalahs Souq nicht so übersichtlich gedacht, war auf verschlungene Gassen aus, in denen man sich vielleicht auch mal verliert. Andererseits passen die breiten, schnurgeraden Wege und rechtwinkligen Ecken auch wieder zu dieser Stadt, denn Salalah ist modern. Hohe Betonbauten prägen das Bild bis ins Zentrum hinein. Wie in jedem Souq flattern auch hier Dishdashas, Wizars[16] und Sirwals[17] unter den Dächern. Hunderte Hemden in immer neuen Mustern und Farben liegen auf scheinbar endlosen Tischen bereit. Es gibt Kummas[18], Taschen und Gürtel zuhauf. Teppiche stapeln sich an den Ecken. Weihrauchschwaden umwehen bunte Lahafs[19].

Weihrauch – über seinen süßlich schwelenden, benebelnden Duft wäre manches zu sagen, auch über die schwarzen, bodenlangen Kopftücher der Frauen, die ihn verkaufen, über das Blitzen der Ringe, die ihre Finger schmücken, und das Klirren der Reifen an ihren Handgelenken, wenn sie die kleinen Brocken nach Farben sortieren. Der helle sei der teuerste, weil er keine Verschmutzungen hat, wurde uns von Talal gesagt. – Weihrauch zum Kauen. Weihrauchseifen. Weihrauchlotionen und -cremes. Dazu Kohle und Stövchen in verschiedenen Größen. Alle diese Schätze werden von sorgfältig geschminkten Augen junger Frauen bewacht. Man könnte meinen, das Weihrauchgeschäft liege in ihrer Hand. Aber jedes Mal, wenn ich nähertrete, taucht ein Mann im Hintergrund auf. Vieles hier, zu vieles verführt zum Anschauen, Betasten, Probieren. Zweifel und Besitzerlust liegen im Streit. Manch einer will handeln, weiß aber nicht wie.

---

16 Wickelunterröcke für Männer
17 bestickte Frauenhosen
18 bestickte Kappen der Jungen und Männer
19 Kopftücher der Frauen

Und welche Hände haben nun das hier alles auf Hochglanz gebracht, frage ich mich und mache beim Quartier der Blechschmiede halt. Ihre Lampen locken, aber sie blenden nicht. Lochmuster und verflochtene Schlitze regulieren das Licht. Aus Schein und Widerschein entsteht so – ganz ohne Wände – ein Raum, dessen Größe sich allein durch seine goldglänzende Pracht bestimmt. Meine Sehnsucht nach solchen Räumen ist groß, doch ich muss weiter. Unsere Nachzügler haben mich bereits überholt. Falls wir im Restaurant pünktlich sind, hatte Talal vor der Abfahrt gescherzt, käme er heute mal früher ins Bett. – Avanti also, ihr Leute, legt mal einen Schritt zu, hätte ich wohl noch gestern gerufen. Aber heute? Als ich vorhin die Hoteltreppe runterkam, habe ich sie für eine ganz andere Gruppe gehalten, so gewaschen und vor allem rasiert, wie sie da in der Lobby warteten, ohne Hüte und Mützen, mit frischen T-Shirts und Hemden. Sie standen auch nicht mehr in den üblichen Grüppchen zusammen.

„Leider hat die Wüste nicht alles verändert", seufze ich, als wir dann auf der Rückfahrt sind. Die Sache mit Herrn Stocker belastet mich: „Ich hab' den Kerl satt und Frau Britzelberger, die tagelang im Rover neben ihm saß, anscheinend auch. Heute Abend jedenfalls sah ich sie neben Frau Kunze stehen."

„Jeder nimmt, was er brauchen kann", höre ich Alfred nach einer Weile.

Lose Sätze, ins Dunkel gesprochen. Beinahe wäre der letzte im Gerumpel untergegangen, mit dem Said von der Straße abbiegt. Aber nun geht es wieder auf einem asphaltierten Plantagenweg schnurgerade durch die Nacht. „Herr Dannenberg ist derselbe geblieben", spinne ich meinen Gedanken fort, „ein wenig umständlich war er schon früher und oft zu laut, aber offen für jeden." – Vier Nächte noch, hatte er vorhin beim Essen gemeint. Einige nickten. Andere seufzten. Vielleicht haben sie in Gedanken die wenigen sauberen Stücke in ihrem Koffer gezählt. Nein, wirklich, jetzt bleibt nicht mehr viel Zeit. Deshalb wollten Köhlers wohl auch den Rest des Abends alleine verbringen: Sie würden sich die alten zwei– und dreistöckigen Kalksteinhäuser in Al-Hafah noch mal genauer ansehen und später ein Taxi nehmen. Deshalb sitze ich nun auf der Rückfahrt vom Souq in Saids Wagen mit Alfred allein. An diese Möglichkeit hatte ich gar nicht gedacht. Aber wie wird das jetzt, wenn wir aussteigen, mit dem Rest des Abends, mit dieser Nacht? Ein paar Minuten nur noch, dann setzt Said uns ab. Wird er, ich meine Alfred ... Hoffentlich nicht. Und ich? – Langsam, Julia! Das Schönste ist zart. Wo waren wir stehen geblieben? Dass ich nicht mehr katholisch bin? So vieles wäre doch noch zu sagen. Nein, er wird nicht... Jetzt, wo meine erste Hülle gefallen ist.

„Für zehn Leute war die Tafel zu lang", unterbricht er das Schweigen.

„Zwischendrin blieben Stühle frei. Einige hatten sich auf Abstand gesetzt."

„Manche Lücke haben die Fahrer gefüllt. Der Fisch übrigens, Julia – ich hab' das Rezept."

„Kaltgestellt haben sie ihn."

„Wen?"

„Stocker. Saß ganz allein. Kein Nachbar, kein Gegenüber."

„Bis zum Essen hast du dich aber mit ihm unterhalten."

„Die riesigen Taschen vor seinem Bauch, darüber Steppjacken und Anorak ... Braucht er das alles als Prellbock gegen die Welt, habe ich mich gefragt, als er in Muskat mit dem ganzen Zeug durch die Halle kam."

„Hat von Dia–Abenden geschwärmt ..."

„... vor allem, wenn er die Britzelberger neben sich hatte."

„Fragt sich nur ..."

„Ja?"

„... ob sie auch stattfanden? Eher in seiner Fantasie, möchte ich meinen. Aber eins", er lacht plötzlich laut auf, „eins muss man dem Stocker lassen: Bei jedem Stopp war ihm klar, wo er hin hetzen musste, um sich die beste Sicht auf ein Objekt zu verschaffen ..."

„... während andere überlegten, ob sich ein Foto überhaupt lohnt ..."

„... um dann seine Hungergestalt vor der Linse zu haben ...“

„... und im jungfräulichen Sand seine Trampelspur.“

„Ja, wer zu spät kommt ...“

„Ärgerlich. Für die meisten aber, glaube ich, zu verkraften. Auch, dass er Herrn Dannenberg heute Nacht wegen der vielen Toilettengänge angemotzt hat. Benny hat 's mir erzählt. Sich aber ins Zimmer zu legen, während wir das Haus fertig machen, Alfred: Das war zu viel. Zu anmaßend und provokant. Damit hat er sich's wirklich mit allen verscherzt.“ – Es tut gut, das alles mal auszusprechen. Gleichzeitig aber habe ich uns im Verdacht, dass wir nur deshalb an diesem Stocker festkleben, weil wir selber nicht weiterwissen.

Wie gerne würde ich meine Hand jetzt in seine legen. Stattdessen sage ich: „Anne ist tot.“

„Bernhards ...“

„... Frau.“

„Wann?“

„Letzten Oktober. Sie kamen aus Zürich. Waren dort im Theater. Er hatte getrunken. Sie fuhr.“

„Schrecklich“, sagt er, und Said hält an. Wir sind da.

Er hat auch, glaube ich, beim Aussteigen gleich noch nach Bernhard gefragt und seinen Kindern, die, wie er meinte, inzwischen sicher selbst Eltern sind. Ja, und nun stehen wir hier: zwei Menschen in einer Hoteleinfahrt. Vom Neonlicht angestrahlt. Ausgeleuchtet, besser gesagt. Nicht einmal der Hauch eines Schattens ist ihm geblieben. Hängende Schultern. Den Rucksack in einer Hand. Die Riemen schleifen am Boden. Ein farbloser Mann, zerbrechlich möchte ich sagen und fast so durchsichtig wie das Spinnennetz, das zwischen Klimakasten und Hauswand vibriert. Narben, Risse und was ihm Zweifel und Mutlosigkeit in die Seele schrieben, all das scheint in diesem Moment offen zu liegen: Die Erwartungslosigkeit, mit der er jahrzehntelang die politische Lage seines Landes ertrug. Die Unzufriedenheit darüber, wie er sein Brot verdiente. Sein Hoffen, sein Hinnehmen und dieses quälende Immer–wieder–

neue–Lösungen–Finden in seiner Ehe mit Tine. Seine Trauer um sie. – Aber viel besser sehe ich in diesem Licht auch nicht aus. Zwei Sommernachtsgeister also, zwei von den vielen verirrten, verwirrten, ja, so stehen wir hier – zu jeder Torheit bereit. Wie lange schaut er mich jetzt schon an? Wenigstens die Lippen hätte ich nachziehen können. Zum Glück lächelt er, nickt mir auch zu, während sich seine Hand – die mit dem Rucksack – ein wenig hebt: „Ich trage schon die ganze Zeit eine Flasche Bordeaux mit mir rum, Julia. Der Nachtportier hat bestimmt Gläser für uns."

Lassen, sage ich mir im Rhythmus der Wellen und mache es mir auf einer der Liegen am Strand bequem. Zurücklassen. Fallenlassen. Von Reiserouten und Tagesplänen ablassen und von Herrn Stocker. Auch Anne jetzt wieder gehen lassen, die gerade noch so schmerzlich lebendig war, um mich ganz seiner Frage zu überlassen, die – wie von der Nachtluft getragen – zu mir herüberweht: Was wird aus mir, wenn ich im Kloster bleibe? Mit ihr nahm er sein Leben damals in die eigenen Hände. Ist sie es, an der er seine Entwicklung immer noch misst?
       „Wann hast du zuletzt von Bernhard gehört?", fragt er leise noch einmal nach.
       „Ach, jeder geht seinen Weg, weißt du. Wir haben selten Kontakt."
       „Hat er mal über seine Zeit als Novize ...“
       „Kindheit und Jugend – ja, wir haben manche Sommerferien zusammen verbracht. Aber dass er dann, ohne mir ein Sterbenswörtchen zu sagen, so ganz aus unserer Vertrautheit heraus im Kloster verschwand, weißt du, das hat mich gekränkt. Bernhard war – ist ein Jahr älter als ich. Mit ihm war ich also meinem eigenen Leben immer ein Stückchen voraus. Was hab' ich mich um sein Abi gesorgt. Viel mehr als um meins. Und dann: Welches Studium? Welche Fächer? Darüber, Alfred, haben wir Debatten geführt! Wär's nach ihm gegangen, hätte er alles studiert, wissbegierig und ehrgeizig ...“
       „Warst du das nicht?"

„Doch. Aber unsre Umgebung war 's auch. Oma vor allem. Von ihr ging immer eine Erwartung aus."

„Verständlich", meint er und holt Flasche und Öffner heraus. Es sei schließlich nichts daran auszusetzen, wenn ein junger Mensch davon träume, seine Umgebung zu überflügeln. In der Jugend habe man naturgemäß eine hohe Meinung von sich, auch Schwung –, Schwung und Kraft, die es leicht machten, sich zu entfalten. Aber viele würden die Zeit nicht bedenken, die Länge des Weges hin auf ihr Ziel. Wenn zum Wollen nämlich die Ungeduld käme ... Die Flasche zwischen den Knien, zieht er den Korken heraus, schnüffelt, probiert: „Er hat 's überlebt", meint er, „aber ein bisschen Seeluft täte ihm noch ganz gut. – Wo waren wir? Ach ja, bei der Ungeduld: Sobald sie den Ton angibt, Julia, wird man Abkürzungen wählen. Weißt du, als bei mir die Profess zur Debatte stand, habe ich mich gefragt, was es für meine Entwicklung bedeutet, wenn ich meinen Lebensunterhalt bis an das Ende meiner Tage nicht selber verdiene, wenn ich Verantwortungen und Entscheidungsnöte, mit denen ein Laie ringt, durch einen einmaligen Entschluss umgehe. Wie, zum Beispiel, wäre es bei so viel alltagsbefreiter Sicherheit nach ein paar Jahren um meinen selbstkritischen Blick bestellt? Ich hatte Brüder erlebt, die ihr Wollen schon nach kurzer Zeit für ein Meistern hielten. In diesem Irrtum, Julia, haben sie kostbare Jahre verbracht! Und viele –, zu viele haben es sich darin gemütlich gemacht."

Seine Worte fielen langsam – so, als habe er über jedes noch einmal neu nachgedacht. Aber jetzt hat er eine Pause gemacht. – „Bernhards Entschluss", fährt er nach einer Weile fort, „aber sehen wir mal von Bernhard ab: Was ich sagen will, ist doch, dass vielen Brüdern im gesicherten Gleichklang ihres Lebens nicht klar zu sein scheint, welche unverdiente Anerkennung sie in ihrer Begegnung mit Laien genießen und wie sehr diese exklusive Stellung ihr tägliches Verhalten und Unterlassen und allmählich auch ihren Charakter bestimmt. Ungeduld, vor allem, wenn jemand den Drang zur Außergewöhnlichkeit hat ... Abwarten können, Julia, bis das Schicksal zuschlägt, statt sich voreilig in ein paar selbstgewählte, angebliche Härten zu stürzen ..." Darum, dass uns das Leben seine Bitterkeit vorenthält, meint er noch, bräuchte sich wohl keiner Sorgen zu machen, wie ich selbst nur zu gut wüsste. Hätte ja auch mit ansehen müssen, wie es Tine und ihn damals traf.

Es ist ihm ernst mit uns. Soviel ist mir nun klar und ich schäme mich für die Befürchtung, dass er mich heute Abend schon hätte in sein Bett ziehen können. – „Ausbildung", fährt er fort, „und ein lebenslang garantierter Arbeitsplatz, all das zur Verfügung zu haben, worum andere oft vergeblich kämpfen, falls nötig auch Pflege und immer zu essen, zu trinken und ein Dach über dem Kopf ..." Viele bräuchten nicht mal zu putzen oder zu waschen, vom Kochen einmal ganz abgesehen: „Obendrein", er verkneift sich ein Lachen, „ein paar ganz verträgliche Stallgenossen. Wie gesagt, Julia, daran gewöhnt man sich schnell. Spannung und Wachsamkeit lassen nach. Bequemlichkeit schleicht sich ein. Um es salopper zu sagen: Als eine von diesen trüben Tassen wollte ich um Gottes Willen nicht enden –, als ein Lahmarsch, der nicht durchhält, was seiner kurzatmigen Begeisterung folgt, verantwortungsscheu und überfordert, sobald sich die geringste Veränderung in seinem geordneten Alltag einstellt. ‚Das auch noch?', stöhnen sie dann. ‚Nein, das wird mir zu viel. Muss an mich denken. Bin krank. Hab auch nur ein Leben!' – Aber jetzt koste du mal den Wein." Er schenkt ein: „Na?"

„Danke, dass du ihn hergeschleppt hast", sage ich erst mal und dann: „Tatsächlich, er hat es geschafft!", halte ihm auch gleich wieder mein Glas entgegen. Der Portier nämlich konnte uns nur zwei von den winzigen geben, die sie hier zum Teetrinken nehmen. – „Ist aber das, was du schilderst", komme ich wieder auf unser Thema zurück, „nicht beschämend für Menschen, die doch eigentlich vorhaben, ein gutes Stück über unserer Welt zu stehen?"

„Wie oft habe ich mich das auch schon gefragt", sagt er und bohrt die Flasche zwischen uns in den Sand. „Es gibt sie, selbstverständlich gibt es auch sie: Menschen, die nicht verdrängen, dass sie die Schuld, die sie mit der Profess eingingen, nun auch ein Leben lang abtragen müssen. Einige können darüber hinaus sogar zu einer starken, wachsamen, fürsorglichen und vor allem tatkräftigen Menschlichkeit finden."

„Von denen hätte ich gerne mal welche getroffen."

„Die Frage bleibt aber doch: Wie kommt einer mit sich klar, der gelobt hat, seinen Vertrag mit Gott zu erfüllen, und nach Jahrzehnten erkennen muss, dass er es nicht schafft? ‚Nur Gott und ich‘, Julia, das kann in die Hose gehen. Zu vielen geht der kritische Blick auf ihr Verhältnis zu anderen Menschen verloren, die ihnen doch –, was sie so gerne betonen –, wie Schafe einem Hirten anvertraut sind. Sie erleben ihr herausgehobenes Dasein bereits als den himmlischen Frieden, entwickeln Marotten, Schrullen, Begierden, weil es ihnen an Möglichkeiten zu einer ganz eigenen Bewährung fehlt. Statt Gott ist es immer öfter ihr Ich, das in ihrer ereignisarmen, überschaubaren Alltagsordnung den Ton angibt. Gleichzeitig quälen sie sich mit der Frage, warum sie Gott, den sie doch so sehr suchen, nicht finden, zweifeln an der Qualität ihres Glaubens, verzweifeln an der Vorstellung, dass es Gott sein könnte, der sich von ihnen nicht finden lässt.

„Es gibt sie natürlich, ich sagte es schon: Menschen, die ihre Schwächen auch in exklusiver Stellung nicht kultivieren, die sich weder in Süchten verlieren, noch läppisch das fröhliche Gotteskind mimen, die sich trotz ihrer Fähigkeiten und Chancen nicht in Intrigen und Machtspielen verlieren und es fertigkriegen, belastbar, verantwortungsbereit und selbstkritisch durchs Leben zu gehen. Aber die gibt es unter uns Laien doch auch. Winners are winners, egal unter welchen Bedingungen sie leben. Nur, die vielen ... Ich meine, wenn sie immer vorne und oben stehen, Julia, was macht das mit diesen vielen? Was erleben sie noch? Ändert sich nicht ihr Mitgefühl? – Was alles verkümmert in ihnen?"

„Und was, Alfred, macht das mit *mir*, wenn ich immer nur hinten und unten sitze?" – Plötzlich scheint jeder mit seinem Gläschen neben sich auf der Liege und seinen Gedanken allein. – „Was macht das mit mir", nehme ich den Faden nach einer stillen Weile noch einmal auf, „wenn das Alltäglichste zwischen einer Frau und einem Priester oder Pfarrer nicht möglich ist? Und dabei, Alfred, denke ich an ein ganz aus dem Moment heraus geführtes offenes, unbekümmertes, aber eben doch inhaltsreiches Gespräch. Wenn er sich für mich nur als Ratlose, Hilflose, Unentschlossene – nach vorheriger Terminvergabe durch sein Büro selbstverständlich – oder als Beichtende interessiert, unsere Begegnungen ansonsten aber auf einen klerikalen Small Talk beschränkt? Eine menschliche Pleite nenne ich das! Ein Hirte jedenfalls ...“ – Muss ich denn wirklich für all das noch einmal Worte finden? Hab' ich mich nicht lange genug mit diesem feudalherrlichen Haufen herumgequält? Unwillig durchwühlen meine Füße den Sand. Aber Alfred muss meine Beweggründe wissen: „Ein Hirte", fange ich ...

Doch er kommt mir zuvor: „Geh davon aus –, geh ruhig mal davon aus, dass ihr menschliches Versagen noch wesentlich tiefer geht. Aber bleiben wir vorerst mal bei deiner Kritik: So, wie du und ich und andere diese Männer erleben, scheint ihnen ja im Lauf der Jahre das Empfinden für die Not ihrer Schafe verloren zu gehen –, falls sie es in ihrer Jugend überhaupt hatten. Sie scheinen in der Überzeugung zu leben, dass es völlig reicht, wenn Gott sie zu allem und jedem die richtige Antwort verkünden lässt. Und falls sie doch mal daneben liegen ...“

„... wird 's im Nachhinein hingebogen oder man zieht sich auf ein bedauerliches Missverständnis zurück. Wortgewalt hat man ja. Aber ...“, und damit komme ich auf ihren priesterlichen Verzicht zurück, „was man opfert, Alfred, ist weg. Es liegt doch nicht etwa nur irgendwo gut verwahrt, damit man es später mal vorholen kann, um es kennenzulernen, um es zu nutzen oder nach eigenen, inzwischen ganz anderen Vorstellungen zu gestalten. Opfern sie überhaupt? Oder kaufen sie sich einfach nur frei von dem, was ihnen zu lästig oder konfliktträchtig scheint? Bloß nicht auf sich allein gestellt in unvorhergesehener Not mit allen Konsequenzen – und vielleicht noch für andere Menschen – entscheiden müssen! Welcher Gott lässt sich auf einen solchen Deal ein?“

„Sie wollen zu viel …", wie traurig das klingt, „wollen zu viel und zu schnell. Und weil es ein Weltreich zu wahren gilt – immerhin sprechen wir von einer weltweiten Wahlmonarchie – weil es um Herrschaft geht und um Machterhalt, der weder eine Gewaltenteilung noch eine wie auch immer geartete Kontrolle will, wird, was schief geht, vertuscht. – Auf diese Weise", fügt er nach einigem Schweigen hinzu, „laden gerade diejenigen Schuld auf sich, die vor dem Schuldigwerden geflüchtet sind."

Die Wellen schlagen jetzt nur noch gemächlich ans Land. Seit einer Weile schon sind wir nicht mehr allein. Menschen in langen Kleidern finden sich ein. Sie plaudern im Dunkel der Palmen. Der Luftzug trägt ihre Stimmen heran. Die Kühle der Nacht schenkt neue Gedanken. Vielleicht werden alte Fragen auch nur anders gestellt. Wenn sie zum Wasser gehen, ist es, als schwebten Schatten über den Strand.

Als Alfred von Frieder erzählt, hat seine Stimme sich wieder aufgehellt: „Er war ein Mitbruder und älter als ich. Nachdem ich gekippt war, hat er uns noch einige Male besucht. Tine hatte damals schon eine Schwäche im Arm und war auf dem linken Auge fast blind. Über den Kuchen, den sie uns dennoch gebacken hatte, fiel er regelrecht her. Glaub aber nicht, dass er sie auch nur ein einziges Mal mit in unser Gespräch einbezog oder nach ihrem Gesundheitszustand, ihren Befürchtungen oder Hoffnungen fragte. Hätte ich ihn darauf angesprochen, wäre seine Antwort ganz sicher gewesen: Wir dürfen nichts tragen, das weißt du doch. Aber, Herrgott nochmal, jeder Mensch kann ein Gespräch so führen, dass er Verständnis und Mitgefühl schenkt! Auch in vorchristlicher Zeit galt es als höflich, Anteilnahme zu zeigen. Sobald sie aber dann – ich meine Tine – auf dem Weg in die Küche war, glotzte er ihrem Hinterteil nach. Und doch waren wir froh damals, dass überhaupt noch mal jemand kam. Von meiner Familie waren ja alle schon tot und ihr habt im Westen gewohnt."

Ja – denke ich, und tief in mir regt sich der Schmerz, der jahrelang meine Empörung schürte, zugleich aber auch jede Entscheidung blockierte. „Ja." Ich leere mein Glas: „Erlebnisse dieser Art ... Weißt du, der wirkliche Grund für meine Wut auf Bernhard wurde mir erst allmählich klar. Er hatte sich für ein Leben als Priester entschieden. Das war sein Recht, ein Recht aber, das ich als Mädchen nicht hatte. Natürlich habe ich das immer gewusst. Aber ob man um einen Sachverhalt weiß oder ihn als schmerzliches Ereignis erfährt, ist nun mal ein Unterschied. Bernhard hatte mich abgehängt, als er an mir vorbei in diesen geheim gehaltenen, privilegierten Raum einzog. Oder vielleicht sollte ich treffender sagen: Als er hinter den Mauern der patriarchalen Deutungshoheit verschwand. Vermutlich fing es damals schon an, dass ich die göttliche Schöpferkraft und meine Kirche nicht mehr als Einheit empfand. Allerdings sollte es noch Jahre dauern, bis ich in der Katastrophe mit Wolferl, bei Gesprächen mit Finanzberatern, Anwälten, Polizisten und vor Gericht merkte, dass ich als Bürgerin meines Landes Rechte besaß, die mir meine Kirche nicht zugestand und – was die Sache, wie ich finde, noch schlimmer macht – die ich gedankenlos sausen ließ, sobald ich diese Kirche betrat. – Besinnungstage, Fastenpredigten, Orgelkonzerte – mit Chris habe ich die Familiengottesdienste besucht: ‚Liebe Kinder!‘, hieß es da, und damit waren wir alle gemeint. Dennoch, ich wollte irgendwo hingehören. – ‚Schauen Sie, da ist noch ein Stuhl‘, begrüßte der Pater uns jedes Mal. Das war 's aber auch schon. Als wir nach acht Jahren noch immer nicht weiter waren ... Begegnungen, weißt du ...“, doch Alfred hat nachgeschenkt, und wir prosten uns zu ... „Begegnungen werden klebrig“, komme ich anschließend auf meinen Gedanken zurück, „wenn einer sie nicht gestalten will – oder nicht kann. Gerade das müsste er aber doch als ein Hirte!“ Wie lange habe ich das alles mit mir herumgeschleppt? Da war niemand, dem ich's anvertraut hätte. So viel Nähe plötzlich – unfassbar wie das glitzernde Wasser. Habe ich Nähe jemals als einen Raum für Gedanken erlebt – offen und weit, mit ein paar luftigen Schleiern, wie sie sich gerade in diesem Augenblick wieder vor die Mondsichel schieben?

„Als Wolferl verschwunden war, über Nacht abgehauen – untergetaucht, wie man vermutete, in einem südeuropäischen Land ...

Als ich, von Kripo und Presse bestürmt, mit meiner Christina und der Firma alleine stand, noch dazu mit einem nicht kalkulierten Schuldenberg ... Ein Fleischskandal, der alle bisherigen an Raffinesse und Kaltblütigkeit übertraf, war in der Zeitung zu lesen, und die Fahndung brachte immer neue, schamlose Tricks an den Tag. Wolferl hatte seinen Spezln mit unseren Firmenfahrzeugen jahrelang die Transporte besorgt. – Der einzige Lichtblick damals war Manhold, mein Chef, weil er bereit war, sich in meinen Schrecken hineinzudenken. Bereit auch, seinen eigenen Ärger für einen Moment an den Nagel zu hängen, um mir seine Zeit zu schenken. Weil er es anders vermutlich nicht vor sich hätte vertreten können. Täglich klopfte er bei mir an, setzte sich, ließ mich reden. Ich brauchte erst gar nicht zu klagen. Seine Vorstellungskraft reichte aus um zu wissen, dass nun jedes Mal nach Dienstschluss für mich ein zweiter, viel unangenehmerer Tag begann. Nichts hatte sich an meiner Situation geändert, wenn er mich wieder verließ. Aber ich hatte aussprechen können, was mich in Unruhe hielt. Ich bekam wieder Luft. Damals war er der Fixpunkt in meinem Leben. Du hättest die Uhr nach ihm stellen können. Auf seine Verlässlichkeit war Verlass. Mit ihr hat er eine erste Ordnung in mein Inferno gebracht. Wir waren das Stadtgespräch damals – Wolferl und seine Spezln und ich schon auch. Das hat es mir noch viel schwerer gemacht. Natürlich wusste Pater Rupert, der bei uns Kunde war, von dem Skandal. Ich hatte seinen ersten Predigtband lektoriert.

„‚Jetzt will er, dass Sie ihm auch den zweiten machen‘, hatte Manhold mir im Vorfeld gesagt: ‚Übrigens hielt er die Augen geschlossen, als er mich darum bat.‘ – Manholds Bemerkung hätte mich warnen sollen. Leider habe ich zu spät darüber nachgedacht. Ich hatte zugesagt. Aber als ich den Titel erfuhr, machte sich Hilflosigkeit in mir breit. – ‚Mitte finden! Wo, lieber Pater, wo?‘, platzte Manhold mit dem Pater tags darauf bei mir rein. Er ritt gerne mal solche Attacken, wenn es galt, Schwung in eine, wie er fand, verfahrene Situation zu bringen.

„‚In Gott natürlich‘, parierte ich um zu beschwichtigen. Aber Manhold ließ nicht so schnell nach. Kam auf Leute zu sprechen, die ihre eigene Mitte für die göttliche hielten. Andere, meinte er, würden sich in ihrer Mitte verschanzen, um überhaupt leben zu können. Kleruskritik, dachte ich mir und bewunderte ihn für sein blankes Gesicht, womit ich eine Ausdruckslosigkeit meine, mit der er öfter bei unseren Verlagsbesprechungen saß – vor allem, wenn es um ein vernichtendes Urteil zu den Ideen seiner Mitstreiter ging –, leergefegt von Zweifeln, Absichten und jeglichem bösen Gedanken. Ein Niemandsland, so schien mir auch in diesem Moment wieder sein Blick. – Als Manhold zu Ende war, zog sich der Pater mit einer gewaltigen Geste die Hose hoch." – Spaßig war die Bemerkung eigentlich nicht gemeint, doch weil Alfred so herzlich lacht, drehe ich den Film gleich noch ein Stück weiter zurück, bis in die Zeit meines ersten Lektorats nämlich, als mir derselbe Pater zum Schluss – er hatte die Klinke schon in der Hand – den Schöpfungsbericht als Abendlektüre empfahl. Sein Bauch, die ständig rutschenden Hosen: Er ähnelt Vater, ging es mir durch den Sinn, als ich ihn im Flur davonschlurfen sah. Nur hat der wenigstens Hosenträger gehabt! – Ob ich seinen Rat befolgt hätte, hakt Alfred, immer noch lachend, nach.

„Habe ich, ja. Allerdings fielen mir – im zweiten Kapitel Genesis, glaube ich, war 's – die Augen zu. Kein Wunder, dass Gott mit seinem Werk am siebten Tag so zufrieden war, habe ich noch gedacht, schließlich war da auch Pater Ruperts Bauch noch nicht da."

„Und das Buch „Mitte finden"?"

„Ach – manchmal konnte ich ihm wenigstens mit meinen Hinweisen auf Druckfehlerteufel ein Lächeln abringen. Aber oft saß ich nur und wartete, bis er mal wieder die Augen aufmachte. Das Chaos hat keine Mitte, betete ich dann vor mich hin, bis ich wusste: Das Chaos bin ich! Falls ich überhaupt ein paar Stunden geschlafen hatte, fühlte ich mich am Morgen wie aus einer schlechten Narkose erwacht. Doch es kam …" Mein Atem stockt. Tränen wollen herauf: „Weißt du", flüstere ich, „das alles geht mir noch immer nah …

„Wie alt muss man sein", drängt es nach einer Weile schluchzend aus mir heraus, „bis man kapiert, dass alles jeden Augenblick noch viel schrecklicher ... Wieviel hält ein Mensch aus, bevor er abstumpft oder in Stücke bricht? – Es war später Nachmittag, als Pater Rupert zur letzten Besprechung kam. Wolferls Sekretärin war am Morgen nicht aus dem Urlaub gekommen. Alles spräche dafür, dass sie mit Wolferl untergetaucht sei, wurde ich gegen Mittag von der Polizei informiert. ,Strippenzieher im Fleischskandal nahm Geliebte mit auf die Flucht', posaunte die Abendzeitung. Manhold hatte mir ein druckfrisches Exemplar auf den Tisch gelegt. Das war der Moment, in dem ich ... Ja also, anders, als dass ich zusammenbrach, lässt es sich wohl kaum sagen. Er schwieg, der Pater, hatte auch keinen Blick für mich, und selbst wenn er sich dann mit einem Bibelzitat verabschiedet hat, Alfred, es gibt Momente, da ist – vor allem von einem Priester – eine menschlich mitfühlende Reaktion gefragt."

„Sie wollen zu viel, Julia, ich sagte es ja. Wer mal über seine Grenze hinaus gelitten hat, spürt doch, dass hinter ihrer betretenen Miene ..." Er gibt mir sein Taschentuch, geht ein paar Schritte, während ich mir die Tränen abwische.

„Es ist diese Unberührtheit ...", sage ich, als ich ruhiger bin, „ihre Unberührtheit ist es, die sie zu Unberührbaren macht!" Gleich darauf steht er bei mir an der Liege: Was erwartest du, hätte ihn mal ein ganz treuer Kirchenbesucher gefragt, als er, Alfred, sich über die Gleichgültigkeit eines Mitbruders beklagte. Erwartungen – darum gehe es aber doch, Erwartungen, die sie bei Menschen wecken, wenn sie da vorne und oben so sicher und glücklich mit ihrem Hirtenstab stehen. Um sie im Ernstfall auch einzulösen, fehle es den meisten aber ... „Ach, ich weiß nicht, Julia", er setzt sich wieder, „hab' auch nur erfahren, dass, je tiefer die Not, die dich in ihre Nähe treibt, umso größer dann auch die Erschütterung ist, wenn sich dein Vertrauen als Täuschung erweist."

Ist das seine Bilanz – ratlos und doch so unaufgeregt? Ob er seinen Schmerz überwunden hat? Oder hat er sich mit ihm arrangiert? Hat er ihn auf ein gedeihliches Maß reduziert? Ist sich dieser Mann überhaupt seiner Kraft bewusst, seiner Tragfähigkeit, seiner Geduld, die er in dieser jahrzehntelangen Auseinandersetzung für sich gewonnen hat?

Vielleicht um mich aufzuheitern, kommt er noch mal auf Frieder zurück: Falls kein eigenes Leid daran hänge, könne eine enttäuschte Erwartung ja auch verdammt komisch sein: „Wer will schon wissen", meint er, „welche Kräfte in anderen ihr Unwesen treiben. Frieder, zum Beispiel, hat sich als ein rechtes Rühr–mich–nicht–An entpuppt. Wenn er ging, musste ich immer erst aus der Wohnung raus, um zu lauschen, ob da auch ja niemand war. Auf der Treppe nämlich, wo er nicht hätte ausweichen können ...Viel zu dicht wäre er da womöglich an einer Frau ..."

„Aber das ist doch nicht wahr!"

„Doch, Julia, doch! Für ihn war, wie es scheint, sein Gelübde der einzige Halt. Jedes Mal, wenn er lang und breit von seinen theologischen Studien sprach, ohne auch nur das geringste Interesse an Tines Krankheit zu zeigen oder für unsere materielle, geschweige denn meine berufliche Not, weißt du, dann blieb ich immer mit einem ganz widerlichen Gefühl zurück. Ihm dagegen schien die Kluft zwischen seiner Rede und seinem Verhalten überhaupt nicht bewusst. Wie auch immer, er wurde noch ziemlich lange und umständlich promoviert, stand später im Ruf, seine Ämter gewissenhaft und engagiert zu verwalten, bis ... Du hast ja nichts mehr. Komm, gib mal dein Glas."

„Mach's nicht so spannend!"

Doch er gießt erst einmal nach. Was er dann zu berichten hat, dass nämlich so eine vermaledeite Treppe eines Tages doch mal zu schmal für zwei Menschen war, ist in der Tat amüsant: „Den guten Frieder", meint er, „traf selbstverständlich überhaupt keine Schuld, und wenn, dann nur zu einem unwesentlichen, ganz und gar unbedenklichen Teil. Das Fräulein vom Diözesanbüro hätte den Armen verführt, wurde noch Jahre danach von ein paar Rosenkranzfrauen verbreitet."

„Es liegt am System, glaube ich, dass Geschichten wie diese im Dümmlichen enden. Das Buch „Mitte finden" hat übrigens ein ähnliches Nachspiel gehabt."

„Ach."

„Es gab da ein kirchliches Monatsblatt. Im Verlag wurde es Aufbau–Blättchen genannt. Dort meldete sich auch Pater Rupert manchmal zu Wort. Dann spekulierten wir mittags in der Kantine, wer oder was ihm wohl über die Leber gelaufen war, dass er sich wieder mit übermächtigen Allegorien bewaffnet in einem Gestrüpp sündhafter Andeutungen verlor. – Allem Anschein nach sei ich es diesmal, die er sich vorknöpfen musste, verkündete Manhold eines Tages gut gelaunt und tänzelte mit dem Blättchen bei mir herein. ‚Ich? Aber wieso?‘ – ‚Nicht zu Herzen nehmen‘, sagte er noch, hatte sich aber schon in Pose gesetzt und fing an: Alles sei überstanden. Er, Pater Rupert, sei von den Exerzitien zurück, von heiligen Wassern gewaschen und wieder rein. Aber zuvor sei es die Hölle gewesen. Wie ein Hampelmann habe er sich gefühlt: Eine Delila hätte seine geheimsten Wünsche geweckt. Dabei habe er jeden Blick in ihre Richtung vermieden, oft sogar mit geschlossenen Augen vor ihr gesessen und doch wie Samson gelitten. Habe auch genau wie der Gottesmann Haare und Kräfte hergeben müssen. Nach Wachen und Beten, Bereuen und Bekennen glaube er sich aber nun gnädig erhört. Und auch die Haare wüchsen schon wieder nach! – Manhold tastete sich zu der schütteren Stelle an seinem Kopf, schenkte mir einen begeisterten Blick und nannte das Ganze einen wahrhaft erlösenden Rat. Ich aber schlug mit der Faust auf den Tisch: ‚Dieser Rupert hat schon beim ersten Lektorat eine ziemliche Glatze gehabt. Und was den Vergleich betrifft, so ist nicht er der Beschissene, sondern ich. Nur so wird ein Schuh daraus. Hatte ich ihm nicht – wie Samson – meine Schwäche gezeigt, als ich, vom Ehebruch meines straffälligen Mannes überrascht, fassungslos vor ihm saß?‘ – „Mitte finden“, noch lag das Buch bei mir auf dem Tisch. Wer Menschen dämonisieren muss, um seine Mitte zu finden … Langsam schob ich es an den Rand und weiter, bis es verschwand –, womit die Geschichte aber noch nicht zu Ende ist. Zwar hatte ich, was die Firma betraf, keine Lösung gefunden, aber das Haus war verkauft. Eine Zweizimmerwohnung für Chris und mich musste genügen. Die Abende vergingen mit Räumen, Putzen und Packen. Wenn ich zwischendurch an den Rupert dachte, stieg jedes Mal Wut in mir auf, bis mir das Schicksal eines Tages unseren langvermissten Hampelmann in die Hände spielte. Die Umzugsmänner hatten ihn bei Chris hinter der Schrankwand entdeckt. ‚Für Pater Ruperts Puppentheater‘ schrieb ich auf einen Zettel und brachte das Päckchen am nächsten Tag eigenhändig zur Post.“

„Wie will jemand Gott lieben, wenn er vor der Liebe zu Menschen wie vor einer todbringenden Krankheit flieht?“ Es klingt, als würde in seiner Stimme ein Lächeln mitschwingen. „Wie will einer Mitte finden, wenn er sich nicht in seiner Vielfalt annimmt? Wenn er sich nicht auch in seinen Gefühlen so kennt, dass sie ihn am Ende nicht korrumpieren? Zu viele enden unglücklich, werden depressiv, können sich in ihrer leiblichen Fülle nicht mehr bewegen, verfallen dem Alkohol. Anderes, Schlimmeres wird uns die Zukunft entdecken. Erste Stimmen melden sich ja, wie man hört, in Kanada und England zu Wort. – Natürlich sind diese Gottesleute alle verschieden. Jeden muss man als eine Nuance ansehen. Da kommen Anbeter, Eiferer, Zauderer, Angeber, Aufgeber … Mit jedem Novizen zieht ein anderes Temperament in die Mauern ein: Ein unüblicher Schlendrian, eine Trägheit oder Genauigkeit, die es so in der Gemeinschaft noch gar nicht gab, eine überraschende Schläue. Manch einer will aus der Weltabgeschiedenheit, die er doch im Grunde genommen genießt, Ruhm für sich schlagen – ein ganz und gar falsches Einsamkeitsideal. Auch Bernhard, glaube ich, gefiel sich darin. Immerhin hatte er sich durch sein Fortgehen Beachtung verschafft, Anerkennung –, ich sagte es schon –, ohne zuvor eine Leistung erbracht zu haben. Allerdings ist Ehrgeiz der Hang, mit dem sich Einsamkeit am wenigsten verträgt. Der Ruhm und die Ruhe seien Dinge, die nicht unter demselben Dach wohnen würden, hat – glaube ich – auch schon der alte Montaigne gesagt.“

Die Wärme des Weins. Das wohlige Schwanken. Gelöst. Erschöpft. Fast schon im Schlaf. Es sei schrecklich, wenn man das Liebste verliert, kommt er wieder auf Anne und Bernhard zu sprechen: „Was macht er, so allein wie er jetzt ist? Aber wie sollst du das wissen? – ‚Der Bernhard kommt wieder!‘, hat euer Onkel Willy doch immer …“

„Zum Glück hat er Anne noch kennengelernt …“

„… die Bernhard hoffentlich nicht in der Klosterschreib- stube …“

„Mach ’s nicht schrecklicher, als es ist“, kichere ich. „Nein, das Sommerlager war schuld. Und dann war er – so plötzlich, wie er sich davon gemacht hatte – auch wieder da. Aber Gün- thers Rastlosigkeit, weißt du, und Elly, immer den Tränen nah, sobald man sie auf ihren Sohn ansprach … Lass uns mal ansto- ßen, Alfred, darauf, dass er doch wiederkam.“

„Dass sich Willy in dieser Sache so sicher war!“

Onkel Willy. Auf einmal ist er wieder ganz nah: der Herr Gerichtsvollzieher im Ruhestand. Nichts Menschliches sei ihm fremd, hatte mal jemand von ihm gesagt. Willy, wie er auf Gün- thers Loggia hinter den roten Geranien sitzt. Wie er mit behag- lichem Lächeln seine dicke Corona anspitzt. „‚Kein Sohn, keine Enkel‘, du weißt ja, Alfred, wie Elly gejammert hat: ‚Kalte, fan- tasielose Klostergänge. Mein Bernhard: Ein Anstaltskind!‘ – Ei- nes Tages nahm Willy sie mal ganz fest in den Arm. Da ließ er sie heulen, bis keine Träne mehr kam: ‚Wer keinen Sex hat, El- lykind, muss nicht gleich sterben.‘ Das klang beruhigend. Ein Trost war es nicht. Mit seinen Sticheleien hat er Elly aber, glau- be ich, doch immer ein Stück weit in Bewegung gebracht. – Ob es Bernhard im Kloster gemütlicher habe, hat er sie mal gefragt. Ob er sich in seiner Lust vielleicht selbst genug sei oder ob er es auf Männer abgesehen habe? Wie ’s gemeint war, wurde einem manchmal erst klar, wenn er sich aus dem Staub gemacht hatte. Aber das mit der Männerliebe, das hat Elly gewurmt. Schließ- lich war Bernhard im Jahr davor über die Alpen gezogen – mit einem Fahrrad, einer Gerda und einem Zelt. ‚Dass ihr ihm das erlaubt‘, hatte sich Tante Hedwig empört und gemahnt, Buben– Eltern hätten auch an den Ruf des Mädchens zu denken: Mit dem Fahrrad über den Brenner mit einem Mädchen im selben Zelt! Alles brauche doch Zeit. Welcher Junge schaffe es schon über Nacht zum Mann? Worauf Onkel Willy dann aber erklärte: Selbst, wenn er mehr als eine Nacht dafür bräuchte, die Sache sei 's allemal wert."

„Matt!" Lächelnd gießt Alfred uns noch mal ein: „Einfach mattgesetzt hat er das alte Mädchen, noch dazu auf so humorvolle Art! Weißt du eigentlich, dass Tine und ich vor unserer Hochzeit bei ihr im Altenheim waren? Sie hatte uns sozusagen nach Spandau geladen. Jesaja 43, du weißt ja: Was tut Gott, wenn er einen Bund stiften will? Zur Feier des Tages hatte sie sich sogar aus ihrem Rollstuhl erhoben. Ach, wie sie da in diesem Zimmerchen stand." – „Groß und schlank?" – „Mitten im göttlichen Drei–Punkte–Programm drehte sie sich, den Stock in der einen, die Kaffeekanne noch in der anderen Hand, plötzlich zu mir: ‚Und deshalb frage ich Sie: Haben Sie Tine ihre Liebe bekannt?'"

„Das …, war das nicht unangenehm?"

„Überraschend, vor allen Dingen. Eine ganze Weile ist es ja her. Ein halbes Leben, möchte ich sagen: 1960, Julia! Da konnten wir – und ich denke, auch ihr im Westen – Unterredungen kritischer Art noch ertragen. Außerdem hatte sie Recht. Wenn ich höre, was einem die Leute heute alles versprechen! Oft denke ich: Junge, hast du überhaupt die Kraft, das, was du da vor dich hin laberst, auch nur mal einen Tag lang zu leben? Hedwig dagegen – also, was die sich vornahm, da konntest du Gift drauf nehmen, das zog sie durch. Denk nur, ihr Vater: bei der Reichsbahn, Schlossergeselle. Ihr Bruder: Postbote. Ein Geschäft, wusste sie, würde sie niemals erben. Heiraten, Kinder kriegen oder arbeiten, um Geld zu verdienen – im Haushalt, in Wäschereien oder Fabriken. Das wären die Alternativen gewesen. Hat man sich denn in den Familien um die Bildung einer Arbeitertochter Gedanken gemacht? Um da rauszukommen, musste sie lernen. Bis zur Lehrerin hat sie 's gebracht zu einer Zeit, in der es für Mädchen kaum eine Ausbildung gab. Ja, das hat sie geschafft, die Hedwig, und dabei wohl auch gemerkt, dass Lernen Freude macht. Nur, was ist, wenn dann eine so kluge junge Frau mal mit einem Heiratskandidaten zusammentrifft?"

Alfred ist noch mal aufgestanden, reckt sich, geht bis zum Wasser. Die meisten Männer aus ihrer Schicht würden in einem solchen Fall wohl noch heute abwinken, fährt er fort, als er wieder auf seiner Liege sitzt. Und einem Höhergestellten hätte ein Mädel mit niedriger Herkunft vermutlich auch nicht gepasst. Nicht zu vergessen, dass Hedwig ihren geliebten Beruf nur solange ausüben durfte, wie sie unverheiratet blieb: „Beruf also oder ein Ehemann, Julia – den sie dann auch wieder nur wegen allem und jedem zu bitten hatte, wie zuvor den Papa. Oder sich aufs Quengeln verlegen, es mit Launen probieren, mit Nörgeln und Quälen? Mag sein, dass es nicht viele gab, die es bei ihr versuchen konnten. Sie hat bestimmt genau hingeschaut. Sicher auch rasch ein Urteil …“

„Sie hat Klaus gehabt“, sage ich, „wenigstens ihn“, und taste in meiner Tasche nach den Reservedatteln. „Du hast ihn nie kennengelernt. – Da, schau mal: Datteln und Wein. Meinst du, das passt? – Alles, was sie konnte, hat sie für ihren Jungen, wie sie ihn nannte, getan. Er war Opas Ältester, wie du weißt, einziges Kind aus seiner Ehe mit Anna. Hat euch Hedwig erzählt, wie ihre Geschichte mit ihm begann? Es war an einem Winternachmittag …“, doch mit vollem Mund erzählt es sich schwer, und so lutsche ich erst noch ein Weilchen an meinen Datteln herum. „Minchen …“, fange ich schließlich an, „seit kurzem Stiefmutter und mit Günther hochschwanger, hatte im Küchenherd ordentlich Feuer gemacht, um sich mal gründlich zu waschen. Gustav war noch auf Arbeit und Klaus im Stadtpark beim Schlittenfahren. Beide, dachte sie, kämen vor der Dämmerung nicht zurück. Und doch hatte sie vorsichtshalber den Schlüssel herumgedreht – zum Glück, denn irgendwann polterte es im Korridor. Klaus war mit dem Schlitten durchs Eis gebrochen. ‚Minne!‘, rief er ganz despektierlich und hatte sich bibbernd an die Klinke gehängt: ‚Mensch Minne, mach uff!‘ Er rüttelte, ballerte mit den Fäusten, trat wutheulend mit dem Stiefel gegen die Tür, bis von oben eine Milchglasscheibe herunterfiel. Als Opa kam, kriegte er Prügel. Er schrie wie am Spieß, aber nie wieder hat er sich Minchen gegenüber unziemlich aufgeführt. Von da an reiste er, wenn er Ferien hatte, mit einem Koffer voll penibel gebügelter Wäsche zu Tante Hedwig ab. Und als er seine Banklehre machte, wohnte er ganz bei ihr …“

„... ging anschließend aber gleich nach Amerika und Hedwig, Julia, blieb alleine zurück – eine Lehrerin, Ende fünfzig. Die Nazis kamen und wieder ein Krieg. Kapitulation, Besatzungsmacht, Diktatur. Wie hat sie das durchgestanden – in der Schule, zu Hause? Allein mit ihrem Gewissen, mit ihrer Not? Lehrerin in einer Diktatur – kannst du dir vorstellen, was das für ein Eiertanz ist? Deutsch oder Geschichte waren zum Glück nicht ihr Fach. Und was sie zu Hause gelesen hat, hielt sie unter Verschluss. Aber dass nach dem Elend der Nazizeit doch nur wieder eine Diktatur über sie kam! – Da war keiner zu Hause, Julia, der schon mal Feuer im Ofen machte, wenn sie stundenlang nach Lebensmitteln anstand. Der einen Tee gebrüht hatte, wenn sie durchgefroren nach Hause kam. Der ihr übers Haar strich, sie in den Arm nahm und sagte: ‚Zusammen schaffen wir's schon. Irgendwie'. – Woher ich das weiß?" Er lacht: „Die Mauer war schuld. Ja, ich glaube, soviel wie in ihren Briefen hätte sie uns im persönlichen Gespräch nicht von sich erzählt. Zwei oder drei Sendungen pro Jahr, damit fiel man nicht auf. Zu dick durften sie natürlich nicht sein. Was brisant war, wurde umschrieben. Manches hat sie nur andeuten können. Immer war mit Kontrollen zu rechnen. Wenn im Altersheim aber mal wieder ihr Klo verstopft war und sie es allein in Gang gebracht hatte, hat sie uns das jedes Mal sehr detailreich berichtet. – Ich hab' sie alle noch, ihre Briefe, falls du sie lesen willst."

Was für ein wundervolles Bild – mit so wenigen Sätzen!

Warum habe *ich* meine Tante nie über ihr Leben befragt?

„Sie konnte trösten, die Gute." – Das leere Glas in der Hand, schaut er still vor sich hin. „Wenn es wieder mal bergab ging mit Tine und ich nicht wusste, was tun, hat sie mir Mut gegeben. Vielleicht hätten wir es ohne Mauer nie ..."

Ein Taxi rollt in die Hoteleinfahrt. Köhlers kommen zurück. Er wartet, bis sie im Haus verschwunden sind, bevor er über Hedwigs mühsames Leben spricht, von Stromzuteilungen, Lebensmittelkarten und ständiger Suche nach Heizmaterial und auch darüber, dass von Klaus keine Post mehr kam: „Dazu die Angst vor den Russen, Julia! Wenn sie besoffen die Häuser durchkämmten, auf der Suche nach Frauen, hat sie hinten im Garten gelegen. Unter den Johannisbeersträuchern. Mit einer dunklen Decke bedeckt. Wie verdammt frostig können Mainächte sein! Stundenlang hat sie da gelegen, vor Kälte und Angst erstarrt, während sie in den umliegenden Häusern über die Nachbarinnen herfielen. Wenn einer der Vergewaltiger zwischendurch vor die Hoftür trat, um für eine Zigarettenlänge – nur ein paar Meter von ihr entfernt – zu verschnaufen, hat sie nicht mehr zu atmen gewagt. ‚Nur noch fürs Überleben leben?‘, hat sie mal in einem ihrer Briefe gefragt, und: ‚Für wen überhaupt leben?‘ – Noch Wein, Julia?"

„Nein. Nein, danke!" Ich winke ab.

Viele, meint er, hätten es zwar körperlich und seelisch erschöpft bis ans Ende des Krieges geschafft, sich aber in den ersten Friedenswintern das Leben genommen: „Hedwig war siebzig, als sie so richtig fertig war. Doch für dich ...", er füllt sein Glas, „ist morgen wieder ein Arbeitstag. Ein paar hast du ja noch. Und dann? Ich meine, was kommt danach?" – „Freizeit, Alfred!" Ich rekele mich. Der Nachtwind hat mich ganz steif gemacht: „Drei Tage lang frei!"

Das letzte Glas war vermutlich eines zu viel. Jedenfalls wanke ich auf dem Weg zum Hotel ganz schön neben ihm her. Er scheint aber auch Mühe mit seinen Schritten zu haben, bleibt öfter mal stehen, kommt schließlich auf seine Anschlusstage zu sprechen.

„Hast ein tolles Hotel", schwärme ich. „Letztes Jahr wurde der Spa umgebaut. Wie ich hörte, waren Ruhe– und Massageplätze in weißen Zelten am Strand geplant."

„Sag mal, der Nachtisch ... Ich meine den Milchreis vorhin. Was war da drin?"

„Kardamom, glaube ich. Rosenwasser wohl auch." Aber wie kommt er darauf?

Milchreis und Dattelbällchen, meint er, hätten ihm am besten geschmeckt, und geht noch langsamer jetzt und nimmt meine Hand, und seine Stimme klingt rau, als er sagt: „Ich habe dich oft als eine kleine Birne gedacht – grün, wie sie im Sommer zwi-

schen den Blättern hängen, mit keckem Schwung dem Licht zu-
gewandt." – Um reinzubeißen aber zu hart? Um ein Haar hätte
ich's noch gefragt. Doch wir sind stehen geblieben und unsere
Lippen berühren sich.

„Bella Giulia", höre ich ihn, und als wir atemlos voneinan-
der lassen: „Denk dran: Wir können alles und müssen nichts."

***

Sie stellen die Zelte auf, während ich mich schon mal um die
Fische kümmere. Zwei Barsche vermutlich. Talal hat sie heute
Morgen am Strand von Khaluf gekauft. Er wusste nur ihren arabischen Namen. Jedenfalls haben sie geräumige Bäuche, die ich
mit Salzzitronen und Zwiebeln fülle. Navid und Said bemühen
sich um das Feuer. In seiner Glut sollen die Fische garen. Doch
die Luft hier ist feucht zwischen Wüste und Meer, und so schwelt
es im Moment mehr, als es brennt. Geduld also. Immerhin hat
sich das Rätsel um unser Krüppelholz nun gelöst. Und für alle,
denen es bis zum Essen zu langweilig wird, biete ich einen Erkundungsgang an. Mit Taschenlampe, versteht sich, denn das
Mondlicht ist fahl.

Als wir zurückkommen, gibt es schon Reis und Salat. Und
dann zieht Talal den ersten Fisch aus der Glut. – Geduld könne nur Gutes bringen, seufzt lächelnd Herr Dannenberg und
hat bestimmt wieder sein Bier im Sinn. Drei Tage muss er noch
warten. Dann sind wir in Muskat. Drei Tage noch, auch für Alfred und mich. Wenn ich nachts in meinem Zelt liege, spinnen
sich meine Gedanken bis weit in das All, lassen Sterne entste-
hen, die sich auf unsichtbaren Bahnen entgegengehen, umkrei-
sen, berühren. Zwei Welten küssen sich, flüstert es dann in mir.

Warten und nur ja nicht zu viel Nähe riskieren, das, glaube
ich, scheint Alfred im Moment auch wichtig zu sein. Mir jedenfalls hilft's, wenn er, wie jetzt, mit Köhlers zusammensitzt und
wir uns auf Blicke beschränken – über das Feuer hinweg. Seit
Salalah suchen sie öfter mal sein Gespräch. Allerdings scheint

es ihnen weniger um Glaubensfragen als um die Machtstruktur der Katholischen Kirche zu gehen. „Stellen Sie sich vor, Sie haben einen Jungen...", dringt gerade Frau Köhlers Stimme zu mir und ich lausche hinüber in der Hoffnung, dass es diesmal um etwas Erfreulicheres geht. „Einen Sohnemann", fährt sie fort, „der nicht so ganz, na sagen wir, von dem man annehmen kann, dass er nicht Manns genug ist, eine Frau zu umwerben. Der vielleicht auf dem Arbeitsmarkt schlechte Chancen hat oder für seine Kinder nicht sorgen will. Wären Eltern in einer solchen Lage nicht froh, wenn er sich für ein Leben im Kloster erwärmt?" – Also doch wieder nur die alte Elendsgeschichte!

„Abgesehen von denen, die Männer lieben ...", meinte Alfred gestern zu meinem Entsetzen, „und auch mal ganz abgesehen von den vielen, die Gefahr laufen, im Gefängnis ihres Gelübdes zugrunde zu gehen, die Menschen über Jahre hinweg im Bannkreis ihrer Autorität wie in einem Würgegriff halten oder sich Kinder aufs Zimmer bestellen, um sich an ihnen sexuell zu vergehen ..." Es wären an dieser Stelle wohl noch ganz andere Varianten zu nennen, räumte er ein, doch von all dem einmal abgesehen, liebten es eben viele Brüder geregelt, dazu versorgt und bequem. Man könne sie als Befürworter des Systems ansehen, solange sie nicht zu sehr behelligt würden. Sie könnten sich andererseits aber auch zu subtilen, manchmal bösartigen oder komischen Widerständlern entwickeln, falls jemand auf die Idee käme, an ihrer geliebten Routine zu rütteln.

Sich Kinder aufs Zimmer bestellen! Ist es das, was Frau Köhler so hartnäckig am Thema „Kirche" festhalten lässt? Ihr Vater habe nach seiner Erstkommunion mit Begeisterung ministriert, hatte sie auf unserer letzten Reise erzählt, bis – und keiner in der Familie hatte eine Erklärung dafür – bis er plötzlich die Kirche überhaupt nicht mehr betrat. Hatte sie damals schon etwas geahnt – oder gewusst? Und warum hatte ich den Ball, den sie mir damit zuwarf, nicht auffangen können? Was bin ich für eine dumme Nuss!

Bin ihnen wieder mal auf den Leim gegangen. Hab' ihre Mär von ein paar bedauerlichen Einzelfällen für bare Münze genommen. Warum habe ich – Herrgott noch mal – statt zu prüfen, vertraut? Dass sich diese Brüder aber auch immer wieder auf das Übelste in mein Leben drängen! Werde ich sie denn niemals abschütteln können? Zu hoch ist der Schutthaufen, den sie vor mir aufgehäuft haben. Zu lange habe ich mich, unkritisch und verschlafen, von ihrer Scheinheiligkeit einlullen lassen.

Welch eine ungeheure Lawine hier langsam, aber mächtig ins Rollen gerät!

Ob Alfred überhaupt noch katholisch sei, hatten Köhlers ihn in Salalah gleich gefragt. Das sei er noch, ja. Ich bewunderte ihn für die Offenheit, mit der er ihnen Rede und Antwort stand. Gleichzeitig fragte ich mich, wie viel Trauer jemand durchlebt haben muss, wenn er anderen so ganz ohne Seufzer und Tränen davon berichten kann? – Der große Bruch seines Lebens, hatte er ihnen erklärt, würde für ihn im Verlassen des Klosters liegen, denn mit diesem Schritt habe er sich neben seiner Erschütterung durch Zweifel und Schuldgefühle auch wirtschaftlichen und sozialen Überlebensfragen gestellt. Ein Kirchenaustritt dagegen …

… würde an seiner Haltung kaum etwas ändern, dachte ich mir in diesem Moment. Manchmal habe ich mich auch schon gefragt, ob es nicht gerade die Kirche ist, die ihn noch immer mit seiner Mutter verbindet.

Je öfter Köhlers aber nun mit ihm sprechen, umso schwerer scheint für sie die Unerfülltheit seines beruflichen Lebens zu wiegen, die Tatsache, dass ihm dann trotz seines ersten tapferen Schritts aus der Obhut des Klosters heraus in der sozialistischen DDR kein Weg in gedanklich freierer Umgebung beschieden war. Ja, es scheint sie zu quälen, dass er, was seine Arbeit betrifft, niemals zu einer Entfaltung kam. – In welchen Fesseln hat er seine Jahre verbracht! Wie hätte er fliehen können mit Tine, einer mehr und mehr behinderten Frau? – „Wenn eine Gesellschaft für einen so herausragenden Kopf keinen anderen Posten als den eines Maître d'hôtel in einem volkseigenen Betrieb übrighat", platzte bei Herrn Köhler gestern dann mal der Kragen, doch gingen ihm vor lauter Empörung die Worte aus: „Schande" und „Armutszeugnis" brachte er noch heraus.

Der Fisch ist gut. Wir sparen auch nicht mit begeisterten Ahs und Ohs. Als Talal den zweiten zerlegt, ist gleich jeder mit seinem Teller zur Stelle. Und weil 's der letzte Abend im Zeltlager ist, meint Said, als er abschließend mit Tee und Datteln rumgeht, sei ich heute vom Küchendienst mal befreit. Morgen bliebe auch ihm wieder mehr Zeit, denn im Luxus–Camp gäbe es ein großes Büffet. „Da ist 's dann mit dem schrecklichen Sand endlich vorbei", seufzt Frau Kunze sichtlich erleichtert.

„Musik und Tanz und richtige Betten, Frau Kunze, nicht wahr?" – Was ist nur in Navid gefahren, dass er sich derart im Ton vergreift?

Tee nippend genieße ich meinen Müßiggang, schaue mir verschiedene Gesichter im Feuerschein an, lausche den Stimmen … Benny scheint richtig Spaß an der Reise zu haben, seit Herr Dannenberg ihm Geschichten erzählt. Eine kugelige Welt könne kein Ende haben, entrüstet er sich aber gerade in diesem Moment, und ich meine, ich hätte dabei ein triumphales Blitzen in seinen Augen entdeckt. Doch der alte Mann lässt seinen Blick nicht von den Flammen. „Wenn du den Weg verloren hast, Benny", höre ich ihn langsam und mit Bedacht, „wenn da nichts mehr ist, woran du dich orientieren kannst, wenn es so dunkel ist, dass du nicht einmal mehr einen Rückweg siehst", erst jetzt dreht er den Kopf ein wenig und schaut den Jungen von der Seite her an, „dann, Benny, bist du auch auf einer kugelrunden Welt an ihr Ende gelangt." – Ich stehe auf, um noch einen Ast ins Feuer zu schieben, und habe natürlich, als ich wieder bei ihnen bin, den Fortgang der Geschichte verpasst, die sich nun wieder um diesen Yusuf dreht, einen Jungen, der öfter mal in eine Felsspalte fällt, unschuldig im Kerker sitzt oder auf einer einsamen Insel gestrandet ist. Langsam frage ich mich, ob es überhaupt immer ein und derselbe Bengel ist, dem das alles passiert. Aber was soll 's. Hauptsache, dass er jede Gefahr übersteht und möglichst bald wieder in eine neue gerät. Gerade hat man ihn aus dem Brunnen gezogen. – Wie er da bloß hineingeriet? – Splitternackt steht er vor seinen Rettern, was ihm unendlich peinlich ist. Schon kommen Gaffer gelaufen, wollen wissen, wann das alles und wie … Manche halten ihn sogar für einen Dämon! Was soll er sagen? Dass es eine Frau war, eine junge schöne, ganz listige, die ihn da unten hineingelockt hat? Es wäre die Wahrheit. Aber dann, meint er, würde ihn die sensationslüsterne Meute als einen Idioten ansehen. Also beschließt er, sich auf einen feuchten Traum rauszureden: Den habe er in der Nacht gehabt und sei zum Brunnen gegangen, um sich zu waschen. Hier aber unterbricht nun Herr Dannenberg: „Einen feuchten Traum, Benny, den hast du bestimmt auch schon gehabt …"

Ja, denke ich und schaue verstohlen an mir hinab: Meine Brüste zeichnen sich schon wieder viel zu sehr ab. Ich muss fort. Den Schal um die Schultern gezogen, wünsche ich ringsum eine Gute Nacht, mache noch bei Köhlers und Alfred halt, stammle etwas von Müdigkeit und flüchte mich an den Strand.

Was für ein Kreuz das ist mit der Lust! Einmal, nach tiefem Schlaf, glaubte ich schon, dass sie verflogen sei. Wie leicht mir auf einmal war. Im nächsten Moment hatte ich sie aber schon wieder vermisst. War gewöhnt an mein Hochgefühl. Ob ich süchtig bin?

Einen feuchten Traum, ja, so werde ich es auch nächstes Mal nennen, wenn die Flut in mir brandet und schäumt, wenn sie mich auf und ab trägt und ihm entgegen, wenn alles verschwindet und ich mich – eingehüllt nur in seinen Drang – kreisend an ihm bewege, verströme, bis mich die mächtige Welle in ihren Rhythmus zwingt. Wie sehr ich diese Kraft in mir genieße, die Mut gibt und schön macht – so schön, dass ich keinen Spiegel vermisse. Gut, dass ich noch lebe. Immerhin hat es Momente gegeben, in denen mich Scheidung, Konkurs und Skandal beinahe in die Verzweiflung trieben.

Ein Bad, überlege ich, ein Bad würde helfen. Es würde etwas nehmen von dem drängenden Druck. Wäre allerdings auch gefährlich so allein in der Dunkelheit. Ich werde meinen Schal zum Abtrocknen nehmen, beschließe ich, während ich aus der Hose steige… Aber das Salz! Es wird an mir kleben. Es wird jucken die ganze Nacht hindurch und morgen, bis ich unter der Dusche stehe. Das ist der Preis. Langsam lasse ich mich ins Wasser gleiten. Die Kühlung tut gut.

Nichts regt sich. Bin ich allein? Nicht mal der Mond lässt sich blicken. Geistert Herr Stocker hier vielleicht noch herum? Auf unserem Erkundungsgang vorhin war er nicht mit dabei. Hat sein Essen dann auch nur runtergeschlungen und zog vor dem Tee schon ab. Zuletzt sah ich ihn zwischen den Zelten stehen. – Seit er bei Shuwaymiyah gestern mit Frau Köhler aneinandergeriet, wird er von der Gruppe noch mehr gemieden. Talal hatte Säcke verteilt und bat uns, Zweiergruppen zu bilden, um vor dem Zeltaufbau den Plastikmüll einzusammeln, den dort die Strömung anspült. Weil Herr Stocker zufällig hinter ihr stand, wollte Frau Köhler mit ihm zusammen losgehen, doch er lehnte ab: Wolle nicht Teil ihres idiotischen Aktivismus' sein, wie er es nannte. Schlagfertig und keinesfalls zimperlich zahlte sie 's ihm zurück, und so erlebten wir an diesem herrlichen Strand einen kurzen, aber hässlichen Streit.

Wolkenschatten ziehen über das nachtgraue Wasser. Manchmal meine ich, weit draußen eine Insel zu sehen, ein fremdes, unerwartetes Ufer, auf dem sich Türme und Mauern erheben. Vielleicht ist es jene sagenumwobene Stadt am Ende der Welt, um die es vorhin zwischen Benny und Herrn Dannenberg ging? Es soll keine Schlüssel für ihre Tore geben. Wer sie öffnen will, braucht Entschlossenheit, Klugheit und viel Geschick. Was könnte auch sonst am Ende noch zählen?

Mit der Strömung bin ich beinahe wieder zum Camp getrieben. Aber meine Sachen sehe ich noch – ein Häufchen im Sand, oder vielleicht doch nur ein Stein? Im Zurückpaddeln lasse ich den Blick über das Ufer gleiten und schließlich bemerke ich ihn: Alfred, denn nur er kann es sein. Würde etwa Herr Dannenberg hier um diese Zeit noch entlangspazieren? Herr Stocker schon eher, oder Benny vielleicht? Beide sind aber größer als der, der sich dort über den Strand bewegt. Außerdem hat Benny einen trottenden Gang. Und Herr Köhler – wäre vermutlich nicht ohne seine Frau losgegangen. Alfred also. Oder ein fremder Mann? –

Er läuft da, wo der Sand locker ist, schwenkt erst aufs Wasser zu, als er mich samt meinen Sachen hinter sich weiß. Jetzt hat er haltgemacht. Zieht er sich aus? Gleich darauf taucht er ein. Kein Plätschern, kein Spritzen. Alles bleibt still, und während ich warte, dass das Mondlicht zwischen den Wolken durchfällt, um vielleicht einen Blick auf ihn zu erwischen, gebe ich mich dem Gedanken hin, dass es dasselbe Meer ist, das uns nun beide umfängt.

Ist er zufällig hier? Womöglich hat er mich bei den Zelten gesucht. Wenn er aus Sorge kam und nun – erleichtert, mich gefunden zu haben – Abstand wahrt, weil er keine Peinlichkeit will, ja, dann muss ich hier raus. Nur so kann er wissen, dass ich in Sicherheit bin.

***

Brackwasser. Graubraun, wie man es kennt. Und die Mangroven ringsum habe ich andernorts auch schon üppiger gesehen. Nein, der Ort hält nichts Bemerkenswertes bereit.

Talal hatte uns von Flamingos erzählt, die hier in Lagunen rasten, hatte von einer Algensorte gesprochen, die das Wasser bestimmter Teiche von Zeit zu Zeit rosa färbt. Falls uns das interessiere, würde er einen Umweg von etwa zwei Stunden einplanen. „Wir sind zu früh", sagt er jetzt und zündet sich eine Zigarette an. „Wenigstens die Beine vertreten nach der Juckelei könnte man mal!", versuche ich, meine drei Damen in Bewegung zu bringen, doch ohne Erfolg. Vielleicht hole ich Alfred und Köhlers noch ein. – Salalah, ja, das war der turning point, nicht nur, weil wir beide dort zueinander fanden. Auch nicht, weil man sich seitdem unter den Gästen anders gruppiert. Nein, wenn ich jetzt in den Tag starte, versperrt mein Schatten mir nicht mehr dunkel und unüberwindbar den Weg. Seit Salalah geht es in nordöstliche Richtung, über eintönige Schotterflächen hinweg, an Brackwassern und weißen Stränden vorbei.

Ins Gespräch vertieft, sind sie stehen geblieben. Alfred hat mich gesehen und winkt.

„Da sind Flamingos!" Ist das nicht Bennys Stimme? Gleich
darauf springt er aus dem Gebüsch. – „Was heißt *wir*?", meckert
Frau Köhler, aber das stört ihn nicht. Herr Dannenberg kommt
ja auch schon in Sicht: „Der Bengel hat vielleicht einen Schritt!"
Er fährt sich über die Stirn: Ja, das seien ganz junge Flamingos
da hinten. Alle noch weiß. Die schöne Farbe würden sie erst im
Alter annehmen. Er hat einen Stein zum Sitzen gefunden: „Geh
nur, Benny. Geh du nur voraus!"

Gleich darauf brechen auch Köhlers auf.

„Ob das mit der schönen Farbe nur alte Flamingos betrifft?"

Nur alte Flamingos? Mir will ein Kichern über die Lippen,
doch etwas in Alfreds Stimme hält mich zurück: Gemeinsam
rasten, geht es mir durch den Sinn, während wir näher zum Ufer
gehen, und plötzlich habe ich dieses Bild vor mir, wie sie alle im
Wasser stehen und sich in Ruhe die Nahrung suchen, die zu ihrer schönsten Entfaltung führt. Eine rosarote Wolke – so sehe
ich sie und hätte um ein Haar Alfred davon erzählt. Vielleicht
wäre ich – von ihrer Schönheit berührt – auf uns beide gekommen, auf zwei glückselige Menschen, die nach einsamem Wüs-
tenweg einen gemeinsamen Morgen erleben. Aber die Mangroven
hier stehen nicht hoch. Man hat uns im Blick. Womöglich hätte
ich – so bewegt – auch die Fassung verloren. Für Szenen dieser
Art wird man als Reiseleiterin ganz bestimmt nicht engagiert.

„Lieben wir uns?" Sein Flüstern klingt so vertraut, als sei es
meinen eigenen Gedanken entsprungen, dabei so schüchtern,
dass es wie eine Bitte klingt. Als sich unsere Blicke jetzt heben,
ist mein Lächeln vermutlich so zaghaft wie seins. Doch es weitet
sich, wird froh und auch ein wenig verschmitzt. Gleich darauf
lachen wir, lachen uns frei. „Schwung finden", sagt er schließlich und räuspert sich, „aus jeder Situation heraus andere Be-
wegungen ausprobieren. Perspektiven wechseln ..."

„Neben und mit und im anderen leben. Ist es das, was du
meinst? Annehmen, aufgeben", spinne ich 's weiter –, doch wo
sind all die herrlichen Vögel geblieben? „Hingeben, Alfred, und
einnehmen? Und zwischendurch immer wieder in eine Balance
kommen? Ziemlich hoch gegriffen, findest du nicht? Ich meine,

ketten wir uns damit nicht wieder nur an ein Ideal? Wie lange könnten wir … Denn Leistungen wären es doch … Gratis ist nur die Lust. Nur sie kommt von allein."

Zufrieden, gutgelaunt, eigentlich glücklich schaut er mich an: „Sie will, habe ich mir damals gedacht …", er nimmt meine Hand, „du weißt schon, als ich dir gegenübersaß: Sie will. Sie kann. Und sie wird."

„Was wird sie, was?"

„Sich bewähren, Julia. Das hast du getan. Das ist es auch, was dich so unwiderstehlich macht – für mich. Ich liebe dich. Dass es hundertprozentig wird, darauf vertrauen wir besser nicht. Aber trauen müssen wir uns. Wollen wir denn alles der Lust überlassen?"

„Ich liebe dich auch", sage ich leise und kann mein Glück kaum fassen. „Für diesen Augenblick und all das Schöne, was zwischen uns möglich ist, Alfred, liebe ich dich." – Wie still es ist, als wir uns nun doch küssen. Aber dann platzt Herr Dannenberg in unsere Idylle: „Vergesst mich nicht! Alleine komme ich hier nicht mehr hoch."

***

„Khalás – min fadhlak![20]" Hier war es doch, oder nicht? Das Geschäft, in dem es nur Weißes gibt? Der Fahrer hält und ich zahle. – Umgezogen oder bankrott? Vielleicht machen sie auch nur blau. Dann bleibt der Rollladen unten, die Nachbarn hängen ihre Waren davor, und eine wie ich geht nichts ahnend vorbei.

Zwischen wehenden Dishdashas, Schals, Kitteln, Hosen und Hemden trete ich schließlich ein: „Marhaba!" – Er lächelt und merkt sich genau, wo ich länger verweile, welches Stück ich betaste oder zum Spiegel mitnehme. Glatt gewebt, bestickt oder gehäkelt – da ist vieles, was mir gefällt, doch alles geht nur über den

---

20 Stopp – bitte!

Kopf zu ziehen. Hat er nichts, was sich vorn öffnen lässt? Er war mal kurz hinten. Jetzt kehrt er mit anderen Modellen zurück: Strand–, Nacht– oder Hauskleider, wie es scheint. Multi purpose auf jeden Fall. Weil es keine Umkleidekabine gibt, probiere ich Stück für Stück über T–Shirt und Shorts. Ja also, man braucht schon Fantasie, um in dieser Kulisse eine Entscheidung zu treffen.

Schließlich komme ich samt Rucksack, Koffer und Einkaufstüte in meinem Hotelzimmer an. Schnell noch ein Bügel für das zarte Gespinst und dann ab in den Spa! Hier stört sich niemand, wenn Fitnesstrainer und Bademeister weibliche Kunden bedienen. Zu international ist das Publikum. Am Ende meines Verwöhnprogramms bringt mich Khaled zu einem der neuen Zelte am Strand: „Time to sleep!" Er zieht die Stoffwände zu. Zur Fußmassage käme Hadi später vorbei. „Aber die habe ich doch gar nicht bestellt!" – „By courtesy of the house." Sein Lächeln ist flüchtig und schon ist er weg.

Ruhe – endlich einmal! Die letzten Tage vergingen so schnell. Mit jeder Stunde in nordöstliche Richtung kehrten wir in die zivile Welt zurück. Zeltlager samt Wüstenküche im Scheinwerferlicht versanken in der Erinnerung. Schon im Luxus Camp erschienen unsere Fahrer wieder makellos rasiert und in blütenweiße Dishdashas gehüllt – umweht noch dazu von einem ganz und gar alarmierenden Duft. Navid vor allem. Vorhin, auf der Fahrt zum Flughafen, sprach Frau Wegwert mich auf ihn an: Womöglich sei es mir ja entgangen, aber Navid habe dort nach dem Abendessen mit zwei Frauen aus einer anderen Gruppe gesessen – auf einer dieser wuchtigen Couchen am Lagerfeuer. Drinnen wurde zur Uhd gesungen und auf Trommeln und Flöten gespielt. Direkt zwischen die beiden habe er sich gequetscht. Anbandeln mit weiblichen Gästen, darauf seien sie hier ja wohl aus, vor allem, wenn klar sei, dass die – an den Plan ihrer Gruppe gebunden – am Morgen danach abreisen müssten. Klang fast, als ob Frau Wegwert in dieser Sache Erfahrung hat. Natürlich hatte ich 's mitbekommen. War sogar einer der beiden in aller Herrgottsfrühe über den Weg gelaufen, als sie ihren Koffer heulend zum Busparkplatz schleppte. Warum habe ich mir diesen Navid auch immer nur als versierten Trekking–Führer und guten Kumpel gedacht?

Leider musste ich Bennys Mutter heute mit bandagiertem Fuß auf den Heimweg bringen. Die Felsen im Wadi Shab – von Wanderern und anderen Naturgewalten über Jahrtausende auf Hochglanz poliert – waren einfach zu glatt. Auch Herrn Köhler hat es dort, wie er meinte, ziemlich geschmissen. Ganz hilfreicher Gentleman, bot er Frau Kunze für die Bachüberquerung seinen Arm. Doch während sie trockenen Fußes hinüberkam, glitt er auf einem der Steine aus und war für den Rest des Tages patschnass. Jetzt aber, vielleicht heben sie alle ja in diesem Moment gerade ab!

Ob sich Herr Stocker von ihnen verabschiedet hat?

Draußen unterhalten sich zwei. Nicht mal ihr Tonfall ist mir vertraut. Alfreds Stimme dagegen ...

Irgendwo hier läuft er herum. Denn er ist da! An der Rezeption vorhin hab' ich nach ihm gefragt. Hat vielleicht einen Tisch bestellt? – „Ruf an, wenn du im Spa fertig bist", rief er noch, bevor ich mit der Gruppe zum Flughafen fuhr. „Und du?" Ich ging wieder zurück. „Willst du jetzt gleich ein Taxi zum Strandhotel nehmen? Was wirst du dort machen?" – „Auspacken. Alles erkunden. Vergiss mich nicht." Er streichelte meine Hand: „Ich warte auf dich!"

Es ist diese Berührung, Alfred, und die Behutsamkeit, die aus dir spricht ... Ich liebe dich, aber sag mir, was schöner als Lieben ist. Weißt du nicht? Glaub' ich nicht, doch ich sage es dir: Wenn der, den du wie keinen anderen liebst, dich als seine Geliebte begehrt.

Schatten streichen über mein Segeltuchdach, Schatten von Palmwedeln, die sich in der trägen Nachmittagsluft wiegen.

Ich kann seine Lippen spüren, während ich hier so glücklich liege.

Ich kann mich in seinem Schweigen verlieren.

Manchmal ist seine Stimme bei mir.

Dass jemand mein Zelt betrat, während ich schlief, dass er anfing, meinen Fuß zu massieren, bekomme ich erst im Wachwerden mit.

Sein Griff tut mir gut. Hoffentlich war mein anderer Fuß nicht schon dran.

Er hat was gesagt, oder nicht? Vielleicht ging auch nur draußen jemand vorbei.

„Wenn ich mich nur mal hätte aussprechen können", höre ich es nach einer Weile aber wieder sehr leise und ziehe ihn, ohne die Augen zu öffnen, zu mir:

„So also hast du dir das gedacht?"

„Wollte mal sehen ..."

„Was immer ..."

Mit seinen Küssen erstickt er mich fast, aber schließlich hake ich doch noch mal nach:

„Was wolltest du sehen?"

„Hab dich vermisst ..."

Beinahe wären wir auf der Liege geblieben.

„Zu dir oder zu mir?", sagt er schließlich und rückt seinen Bademantel zurecht.

„*Mit* dir vor allem. Hast sicher das schönere Zimmer. Für eine, die hier Rabatt bekommt, wird nicht die Belle Etage reserviert."

Zu ihm also – Hand in Hand und schon fast wie im Traum.

Himmelblau dehnt sich der Teppich und so weich, dass er jeden unserer Schritte dämmt. Pilaster und Wandnischen gliedern die scheinbar endlosen Spiegel. Es ist, als schwebten wir neben uns her, den langen Gang entlang und am Ende durch eine doppelflügelige Tür in einen Raum, der noch prächtiger ist, höher auch und so weit, dass man besser von einer Halle spricht. Mandelweiß und sandiges Gold durchziehen ihr Blau – hier als Borte, dort als Lisene oder als üppige Draperie, die den Blick auf den Golf umrahmt. – Wir haben uns Tee gemacht. Und während wir von den sambousa[21] probieren, von den kubbeh[22] und warra ainab[23], die er am Morgen im Souq für uns eingekauft hat, spü-

---

21 gefüllte Teigtaschen
22 gefüllte Fleischbällchen
23 gefüllte Weinblätter

re ich seine Hand in meinem Haar – zaghaft, ungläubig, möchte ich sagen, als ob auch er nicht ganz fassen kann, dass wir beide nun mit uns alleine sind.

„Wozu ich vor lauter Lust vorhin nicht mehr kam …", lächelnd beugt er sich über mich: „Ich wollte …, von Hedwig wollte ich doch …"

Dass sie eines Tages nach dem Krieg in ihrem Briefkasten ein Kirchenblatt fand, erfahre ich zwischen Streicheln und Küssen. Wer es dort eingeworfen hatte, wusste sie nicht. Genauso anonym hat sie es später auch weitergegeben. Anders hatten sie 's unter Hitler auch nicht gemacht. Nach ein paar Monaten bekam sie ein zweites Blatt. Darin kündigte ein Pater Exerzitien für Laien an. Sie schrieb sofort hin. Was sich daraus entspann, meint er, müsse man wohl als die Liebe ihres Lebens betrachten.

„Spannend. Erzähl …", flüstere ich und lege meinen Kopf in seinen Schoß.

„Anderer Leute Liebesgeschichten? Meine eigenen machen mir doch schon genug zu schaffen." Er lacht: „Aber schau mal, schau doch nur mal!" Im Licht der untergehenden Sonne hat sich die Welt verfärbt: Himmel, Felsen und Meer sind plötzlich glutrot. Während das Spektakel allmählich verblasst, kommt er auf Hedwig zurück: Bis zuletzt, bis kurz vor ihrem Tod, habe sie sich gefragt, woran es lag, dass sie mit diesem Mann nicht zusammenkam. Weil zu vieles für ihn unüberwindbar war? Weil sich am Ende keiner aus der gewohnten Einsamkeit wagte? – Schon rein äußerlich, habe sie mal geschrieben, sei da nichts gewesen, was sie verband: Er kugelrund und sie …

„Groß und schlank?"

„Allein die Tatsache, mit jemandem – wenn auch nur eine halbe Stunde am Tag – sprechen zu können, mit einem, dem sie vertraute, der zuhören würde und helfen könnte … So jedenfalls hatte sie sich das gedacht."

„Eine halbe Stunde …"

„… ist viel, wenn man etwas zu sagen hat, findest du nicht? Wenn man spürt, dass der Partner versteht. Was sich Gutes daraus ergeben kann, wird bestimmt länger dauern, viel länger und

vielleicht nie an sein Ende kommen. – Also, dass die beiden sich
näherkamen, davon gehen wir jetzt mal aus."

„Einzelheiten hat sie dir nicht erzählt?"

„Nicht so …"

„Wie hat sie 's gemerkt?"

„An … an ihrer Freude auf ihn. Dass sie lächeln musste, sobald sie nur an ihn dachte."

„Vermutlich dachte sie immer an ihn. – Haben sie Blicke getauscht?"

„Sie saßen am selben Tisch. Konnten, sollten ja auch einander bedienen – schweigend natürlich. Aber zu Hause saß sie allein."

„Und dann?"

„Er hatte aus Jesaja 43 gelesen. Was für ein Text das sei, wollte er wissen. Eine Liebeserklärung, sagte sie ihm. Genau daran, an dieser Hürde, meine ich, sind sie aber dann auch gescheitert. Es reicht nun mal auf Dauer nicht aus, täglich zwischen Laudes und Vesper zwei Stühle ein Stück näher zusammenzurücken."

„Süß eigentlich, findest du nicht?"

„Männer begehren – zuerst. Er war seinem Sturm vielleicht nicht gewachsen. Hat ihn womöglich als Versuchung erlebt oder für eine Täuschung gehalten. Wir wissen es nicht. – Er konnte schlecht laufen. Sie hat seinen Gang mal als ein Taumeln beschrieben, als würde er den Boden nicht spüren. Klingt, als hätte er sich mit seiner Trinkerei ruiniert. Er habe ein Rotweinproblem, hatte er ihr gesagt."

„Wer von den beiden, frage ich mich, hat eigentlich mehr Hilfe nötig gehabt?"

„Er aß auch Unmengen, schaufelte regelrecht seinen Teller voll, was ihr bestimmt nicht gefallen hat."

„Und doch …"

„Einmal, bei der Abendmesse, hat er ein Lied vom Kuss singen lassen – und ein anderes Mal soll er, mitten in der Predigt, ganz laut gerufen haben: ‚Die Liebe – es gibt sie ja doch!' – Für sie habe es wie ein Schrei nach Rettung geklungen."

„Schrecklich. Wann, meinst du …"

„'47 oder '48 vielleicht."

„Und weder ihr Bruder samt Frau, noch Günther, Elly, meine Mutter oder Tine haben davon gewusst?"

„Ein Jahr später kam er dann zu Besuch. Sie hatte gekocht und gebacken. Konnte in letzter Minute ein paar Kaffeebohnen ergattern. Danach brach der Kontakt ab. Er sei in Buch[24], hat sie später erfahren. Ob sie ihn dort behalten haben?"

Wir sitzen schweigend, aber nicht, weil wir müde sind. Eher schon, weil wir so ganz miteinander ... Vertrauensvoll umeinander wissen, ist es das, was einem die Liebe bringt?

„Wenn zwei Menschen für ihre Liebe nicht Platz machen können ...", höre ich ihn.

„Bist mein Glück", sage ich leise und er schließt mich fest in den Arm.

„Unsere Zärtlichkeit ... Lass uns ..."

Nach welcher Melodie tanzen wir – kreisend, in wiegenden Schritten aneinandergeschmiegt, die Blicke gesenkt, nach innen gerichtet? Manchmal heben sie sich aus der Versunkenheit, wie um zu prüfen, ob sie noch in der Wirklichkeit sind. Vielleicht wollen sie auch die anderen sehen, die sich um sie herum in den Spiegeln bewegen?

„So viele Gestalten."

„Tanz der Möglichkeiten."

Längst sind wir zu Schatten geworden wie Sessel, Diwan, Tisch und Konsolen, wie das Bett, auf dem wir nun liegen. Unsere Augen suchen nicht mehr. Es sind die Lippen, die finden, die Hände, die streichelnd erkunden und wissen, es ist hohe Zeit.

Und das Kleid? – Es wird dort auch morgen noch ganz unberührt an der Schranktür hängen.

Nacht zieht über den Golf und ringsum in die Spiegel, während wir ineinandergleiten.

***

---

24 Klinik in Berlin-Pankow, bekannt für ihre Psychiatrische Abteilung

Wie lange bin ich Bernhard nicht mehr begegnet? Bei Annes Beerdigung war ich schon im Oman und auch jetzt ist es kein richtiges Wiedersehen. Ein großer Abschied liegt über dem Tag, denn Bernhard hat uns zu seiner Priesterweihe geladen. Ja, dieses Mal ist es ihm ernst. Von der Familie sind die meisten gekommen. Günther vor allem – gebeugt und mit kleinen, unsicheren Schritten. Und Elly, die nun im Rollstuhl sitzt. Wie viel kriegt sie von dem Ereignis überhaupt mit?

Vor uns hat Bernhards Sohn mit dem kleinen Ulf Platz genommen, neben ihnen Ludwig, der zur Familie seines Schwagers gehört. Seit Beginn des Kyrie weht ein unangenehm kalter Luftzug aus dem Chorraum zu uns herab. Hat jemand die Tür zur Sakristei nicht wieder zugemacht? Die Kinder jedenfalls husten, verfolgen die Zeremonie aber sonst mit erstaunlicher Aufmerksamkeit. Als Bernhard mit einem seiner Brüder bäuchlings am Boden liegt, streckt Ulf sein Fingerchen aus: „Tot?" Schreck steht ihm in sein kleines Gesicht geschrieben, als habe er beim Anblick der reglosen Gestalten wieder das Bild seiner aufgebahrten Oma vor sich. – „Tun doch nur so", flüstert ihm Ludwig gutmeinend, aber leider auch lautstark ins Ohr.

Viele hätten 's wohl gar nicht gehört, beruhigt Alfred im Anschluss ein paar verstimmte Gemüter.

Die Kirche war ja auch wirklich nicht voll.

Die Autorin

Angela Bauer, Ärztin, 1949 in Berlin geboren, lebt
in der Nähe von München in einem oberbayeri-
schen Dorf: „Abgesehen von vielen und weiten
Reisen habe ich mich dort, wo es mich für längere
Zeit hin verschlug, immer bald zu Hause gefühlt.
Fremd sein und doch bei sich daheimbleiben und
andererseits die eigene Herkunft aus der Ferne
mit geschärften Sinnen erleben – diese Erfahrung
hat mir das Leben beschert. Auch meine ärztliche
Arbeit hat ihren Teil daran, genauso wie das Wandern und Garteln, das Besuche-Machen, Gäste-
Haben und Neues-Studieren – und das Schreiben
natürlich, wo immer ich bin." Zu ihren bisherigen
Veröffentlichungen zählen u.a. das Bühnenstück
„Der Pflüger", die Erzählungen „Her(r)mann oder
Ferdinand" und „Keine Angst vor Weihnachten"
sowie das Essay „Von Halloween und Heiligen".

Der Verlag

*Wer aufhört
besser zu werden,
hat aufgehört
gut zu sein!*

Basierend auf diesem Motto ist es dem novum Verlag
ein Anliegen, neue Manuskripte aufzuspüren, zu ver-
öffentlichen und deren Autoren langfristig zu fördern.
Mittlerweile gilt der 1997 gegründete und mehrfach
prämierte Verlag als Spezialist für Neuautoren in
Deutschland, Österreich und der Schweiz.

**Für jedes neue Manuskript wird innerhalb we-
niger Wochen eine kostenfreie, unverbindliche
Lektorats-Prüfung erstellt.**

Weitere Informationen zum Verlag und
seinen Büchern finden Sie im Internet unter:

www.novumverlag.com